bella

un momento puede cambiar su vida para siempre

bella

un momento puede cambiar su vida para siempre

Escrito como novela por

Lisa Samson

basada en el guión original creado por
Alejandro G. Monteverde • Patrick Million • Leo Severino

GRUPO NELSON
Una división de Thomas Nelson Publishers
Desde 1798

NASHVILLE   DALLAS   MÉXICO DF.   RÍO DE JANEIRO   BEIJING

Traducción: *Eduardo Jibaja*
Adaptación del diseño al español: *Grupo Nivel Uno, Inc.*

ISBN: 978-1-60255-186-2

Impreso en Estados Unidos de América

08 09 10 11 12 RRD 9 8 7 6 5 4 3 2 1

Dedicatoria de Lisa:
a Leigh Heller, quien ama la vida

Prólogo

Nadie espera que esto le sucediera a uno mismo personalmente, y dada la forma en que la población del planeta se mantenía aumentando, eso parecía un poquito tonto. Nina apenas podía creer que no era diferente en ese aspecto. Ya tuvo suficiente con todos esos programas cursis para niños que le decían, una y otra vez, lo «especial» que era ella.

Sí. Especial.

Así es.

Nina se frotaba las manos en su regazo, calentándolas entre sus rodillas a pesar del día caluroso de primavera que había afuera. La pared de paneles, de acabado barato como el que tenía su vecino de al lado en su sótano cuando ella se estaba criando, emitía un resplandor de satín que venía de los anémicos tubos fluorescentes. ¡Y esas horribles sillas de plástico! En fila para colmo, como si lo que estaba a punto de hacer fuese un privilegio y no un derecho, algo que se efectuaba en silencio tras hacer la cola, agradecida de que gente estuviese dispuesta a ayudar en el momento de necesidad.

¿No sabía esta gente que ella necesitaría algo más que una anticuada esterilidad en un momento como este? ¿Qué les sucedía? Ellos parecían tan bondadosos por teléfono; parecían tan encantadores y afectuosos.

Creo que el dinero en su bolsillo no estará destinado para la decoración, ni la calefacción.

Ella tenía tanto frío. Tiritando, observó a los ocupantes de la sala de espera, dos parejas y otras dos mujeres tan solas como ella. Una leía una revista de actualidades; la otra miraba al piso. Todos se sentaban en sus burbujas respectivas, todos sabían entre sí para qué habían llegado. Pero para algunas, esto era un secreto que se llevarían hasta la tumba. Era casi como si pudieran escuchar mutuamente el quebrantamiento de sus corazones.

Él dijo que iba a venir y ella confió en él. Pero era casi hora de entrar. Ella estaba bastante segura de que esta gente mantenía una especie de superpuntualidad, no sea que alguien tenga dudas y salga disparada. Pero él aún no había llegado.

Era de esperar. Pieter la había defraudado. ¿Por qué no José también?

No, eso no era justo. José no era como Pieter en lo absoluto. Todos en el restaurante creían que José estaba un poquito loco. Pero hoy ella sabía que estaban equivocados.

Por fin, él entró a toda prisa por la puerta, su nuevo amigo traía consigo un viento fresco. Él se sentó a su lado y tomó sus manos, sus ojos azules oscuros estaban bordeados de pestañas oscuras. «Disculpa que lle-gué tarde». Él se acercó y susurró en el oído de ella, su aliento estaba tibio y olía a enjuague bucal. «Déjame ayudarte. Por favor, Nina». Y susurró algo más con su reconfortante acento latino, pero ella no lo pudo oír ya que la enfermera la había llamado.

Se levantó. José la sujetó ya que sus rodillas temblaban; ella tocó su hombro y trató de sonreír mientras él extendía sus brazos y la abrazaba. Luego ella caminó detrás de la espalda ancha de la enfermera cuyo unifor-me estaba irónicamente grabado con imágenes de gatitos. Nina miró arri-ba, atravesando el techo, hacia el cielo. Gatitos. ¿Tenía que ser gatitos?

Ella volteó por encima de su hombro mientras se cerraba la puer-ta que daba hacia el pasillo afuera del quirófano. José estaba sacando un rosario de su bolsillo. ¿Un rosario? ¿En este lugar? Sin embargo, ella se reconfortó en sus oraciones.

Así que ella se desvistió completamente, sintiéndose más desnuda que nunca, se puso la bata del hospital y esperó lo que parecía ser toda su vida en esa ciudad. Se acostó en la mesa, mirando fijamente al techo, sus ojos se llenaron de lágrimas y esperaba, como los millones de otras mujeres que habían esperado antes que ella, que esto fuera a hacer que todo des-apareciese y que al día siguiente la vida regresara a la normalidad.

Hizo un puño con sus manos, y puso su mirada en su bolsa de ropa al lado de la puerta del vestidor.

Uno

La semana anterior.

José se fue al cementerio como lo hacía la mayoría de las mañanas. Se quedó parado junto a la tumba; las palabras de su abuela llenaban su mente mientras la brisa matutina llenaba su nariz y pulmones.

«Si quieres hacer reír a Dios, dile tus planes».

Y no había un solo día en que José no viviera con esas palabras flotando en su mente como una gaviota blanca revoloteando en círculos por el mar, recordándole suavemente los cuatro años que pasó en Riker's Island.

Los retoños tiritaban en los cerezos que se alineaban junto a las veredas del cementerio.

Ah, sí. Él había tenido planes. Cuando era niño y estaba en un rancho de México, él sabía exactamente lo que quería ser, pero nada salió como lo había planeado. Nunca salió así. La vida lo condujo al borde de lo que quería para luego dar vuelta a la izquierda. Sólo conocía a unas cuantas personas en el mundo que hicieron exactamente lo que quisieron con sus vidas. Desgraciadamente, éstas eran su madre, su padre, y su hermano mayor, Manny.

¿Y el resto? No. La mayoría parecía estar arreglándoselas como él, trabajando en la ciudad, desempeñando un papel y preguntándose lo que les depararía el mundo si no estuviesen amarrados a sus errores.

«Eres un niño tan precioso», le decía siempre esa misma abuela cuando él estaba creciendo. Pero a nadie en la corte ese día le interesaba si era guapo o no. Era culpable, y lo metieron a la cárcel. Cada día, José reconocía que se había librado de algo mucho peor en comparación con la persona que había matado. Cuatro años no era nada.

Delante de la lápida de granito, el césped ahora estaba lleno de maleza, los delicados retoños de primavera se mezclaban con las briznas secas del año pasado, y se arrodilló y se persignó, esperando que de algún modo las imágenes en su mente constituyeran una oración. La escena ese día cruzó por su mente una vez más, y oró para que Dios suspendiera el tiempo y la hiciese retroceder. Pero Dios nunca actuaba de esa forma, que él supiera.

Es hora de ir a trabajar. Él recorrió el nombre con la yema de sus dedos y luego puso flores delante de la pequeña lápida.

Se puso de pie y se sacudió el pasto de sus pantalones vaqueros. El tono rosado de las flores se mezclaba con el verde del pasto de la tumba mientras el viento primaveral y el dolor que había acumulado humedecían sus ojos.

José esquivó las tumbas y pasó de prisa por las veredas del cementerio, atravesó las verjas de hierro en dirección a la estación del tren subterráneo. Él podía dar esta caminata con los ojos vendados después de estos últimos dos años de peregrinación.

El sol estaba saliendo, no estaba encima de él, sino atisbando entre callejones y encima de cercas. José comenzó a caminar rápido. No se había dado cuenta que había pasado tanto tiempo en el cementerio. Manny se pondría furioso si la cocina no estaba funcionando como debía. Y Manny había logrado lo que quería: éxito, buenos caballos, y bueno, quizás no muchas mujeres, pero de cualquier modo él no tenía tiempo para ellas. Los dos hermanos no se parecían en nada. Tenía sentido; pero no hacía más fácil trabajar para él.

Él ya tenía en mente la cena cuando le quitó el seguro a la puerta, encendió las luces, y calentó los hornos. Él podía dar de comer a la gente. Los podía mantener con vida un día más. Esto sí podía hacerlo.

Así que cocinaba, picaba removía, probaba y cubría, cada día, todo el día —el calor de la cocina le hacía sudar. Las gotas caían en sus ojos y le ardían, y José dejaba que su hermano Manny le gritara y armara escándalos porque sabía que merecía una vida de penitencia. Y esta penitencia no se la dio un sacerdote, sino Dios. O mejor dicho, eso era lo que José llegó a creer.

Dos

Ella había estado con náuseas por dos semanas. Cada mañana, estaba ahí: con la cabeza en el inodoro, el olor de porcelana mezclándose con el agua del excusado, no el olor fuerte y abrumador como en los baños cerca de la playa de Atlantic City, sino ese olor que no se puede quitar no importa con qué fuerza refriegue el cepillo cada semana.

Y esos olores tenues parecían aumentar bajo el peso de un estómago tan descompuesto que hasta la idea de una lasaña o pescado frito, y ni se diga de los olores del baño, lo doblaban en dos.

Galletas de soda.

Nina agarró un paquete de saltinas, se devoró tres, y salió por la puerta, bajó las escaleras hasta llegar a la calle a media mañana. Por lo menos era primavera y estaba haciendo calor. Metió su chompa en su gran bolsón estilo mochila. A Nina le encantaba la primavera.

Ella nació en la primavera. Su cumpleaños fue hace una semana, nada menos que veinticinco años, pero bien pudo haber sido el día más deprimente de su vida. Cassie, su mejor amiga de la escuela secundaria, recién había tenido su primer hijo, y por supuesto la llamó. Hubo un gorjeo fingido en su voz cuando dijo que Nina vivía una vida emocionante, soltera en la ciudad, tratando de incursionar en las artes, y ¿cuántas personas tienen esa clase de dedicación para continuar contra viento y marea, esa clase de persistencia? Asombroso.

El niño que creció junto a la casa de su infancia nació el mismo día y estaba cursando el segundo año en la escuela de derecho. Ryan le envió un email como siempre lo hacía, y ella pensó que posiblemente lo invitaría a salir a tomar un trago después de haber terminado de servir a las mesas en El Callejón.

Si todos los callejones fueran tan lindos como El Callejón, Nueva York sería un mejor lugar, eso ni que se diga. La habían asaltado una vez, dos veces le quitaron su cartera, y aquí estaba en la ciudad que duerme con un ojo abierto.

Sirviendo a las mesas, alquilando videos, comiendo comida barata para llevar. ¡Qué gran vida, Nina! ¡Qué gran vida!

Ella afirmó su barbilla, caminó por la vereda con su uniforme de mesera lleno de bordados, flores de gran variedad de colores que cruzaban la tela de algodón negro de su falda larga y su blusa. Al menos ella trabajaba en un restaurante de lujo donde daban de comer a sus empleados antes de comenzar a trabajar y tratar de dar lo mejor de sí para hacer feliz a Manny, o simplemente mantenerse completamente alejados de él.

Nina se fijó en su reloj y comenzó a caminar más rápido. Quería ir a la farmacia, regresar a casa y darse una ducha, pero se le estaba haciendo más tarde de lo que pensaba. Nadie le había dicho lo cansadas que se volvían las mujeres en su condición. Durante la última semana se había sentido como si hubiera trabajado cinco turnos dobles sin parar.

Necesito este trabajo.

Está bien, ella pudo haber trabajado en cualquier restaurante, pero le gustaba El Callejón. El personal era su familia. Amelia la recibía en sus grandes brazos cuando estaba desalentada, le traía dulces hechos en casa en los feriados especiales, le mostraba fotos de sus hijos. Carlos contaba las historias más divertidísimas de su vida en Cuba y en Miami. El hombre había convertido al comunismo en una comedia, pero de vez en cuando él dejaba caer el velo y ella veía la tristeza de haber dejado atrás a su familia. Él y su esposa la invitaban a las cenas de Navidad, sus hijos se trepaban encima de ella cuando jugaba con ellos, ayudándoles a armar sus juguetes nuevos. Marco hablaba poco, pero sus ojos destellaban cuando le daba a ella un plato. Pepito siempre escuchaba partidos con su pequeña radio a transistores y gritaba con cariño a los locutores. Margarita, otra mesera, más bonita de lo que creía y tan dulce como las galletas de Amelia. A veces se visitaban mutuamente y jugaban juegos de mesa para que Nina la ayudase con el idioma.

Y luego teníamos a Pieter. Bueno, ella lo podía dejar en un santiamén. Especialmente ahora.

Ella entró a la farmacia que quedaba a una cuadra de su apartamento, empujó con el hombro a la gente que estaba haciendo la cola para pagar, llegó al pasillo número tres pasando la sección de gel para el cabello, gel blanqueador de dientes, y gel para la ducha, hasta que finalmente llegó delante de las pruebas del embarazo, todas las quinientas variedades con sus cajitas alegres y limpiecitas.

¿Había valido esto haberse acostado con Pieter?

De ninguna manera. Ella había tomado de más en una fiesta que él dio en su casa, ella se quedó hasta tarde, bebió algo más y luego, bueno sucedió. «Emborráchate lo suficiente y quédate sola lo suficiente y cualquier individuo será un buen candidato», le dijo una vez un amigo. Ella no le había creído, pero ahora se dio cuenta que él tenía razón. Nina no había salido con nadie por más de un año. Y cuando Pieter quiso restablecer contacto, ella dijo sí.

Ella aún no podía saber por qué, y se reprendía a sí misma una y otra vez.

¿Tenía Pieter intenciones serias con ella? No, y nunca pretendió tenerlas. Él no quería tener un hijo con ella, y aun si así fuera, Pieter sería un pésimo padre. La pregunta era: ¿quería *ella* tener un hijo con él?

Por supuesto que no. Ni siquiera un poquito. Él sería demasiado duro con el niño cuando lo viera. Él siempre estaba en el restaurante lamiendo los pies al jefe. Ella tendría que enseñarle al niño a lanzar una pelota de béisbol, y ella no tenía la menor habilidad atlética. Ella tendría que ayudarlo con las matemáticas, y ella nunca pudo resolver una ecuación.

Un pésimo padre, pensó ella, mientras extendió su brazo hacia una de las cajas. *Una pésima madre también*.

¡Qué combinación tan fabulosa, Nina!

Ella recogió una caja y volvió a ponerla en su sitio. Parecía muy complicado. La siguiente, violeta con grandes burbujas rosadas y ¡qué divertido! ¡yupi!

Ah, sí, claro. Ella golpeó la caja con sus dedos. Algunas personas en realidad esperaban un resultado positivo. Ellas habían estado donde ella se encontraba, con rostros emocionados porque habían estado intentándolo, ellas habían estado tomándose la temperatura para saber si estaban ovulando. No estaban orando para que cada vez que fuesen al baño y se limpiasen, saliese un papel higiénico con sangre.

Bueno, ella estaba cansada de ese tipo de tensión. Es mejor salir de eso de una vez por todas.

Se acercó a la caja registradora, esperando mientras que un anciano de chaqueta amarilla de lona y pantalones a cuadros pagaba por una taza de café no muy fresco y una bolsa de rosquillas de chocolate. Ella le sonrió; siempre sonreía a la gente que parecía estar triste o tener dificultad en caminar, respirar, comer, y dormir. Ella sabía que tenían mucho en común.

Él salió saludándola con el gorro, reconociéndola como parte del club. Qué bueno. Por lo menos había eso.

Deseando que tuviese puesto un anillo de matrimonio, ella le entregó a Carla, la cajera, la prueba del embarazo de burbujas rosadas. Parecería un momento feliz, y nadie la clasificaría como una persona que se acuesta con cualquiera. Ella no era esa clase de persona, pero Carla no podía saber eso. Nina apostaría mucho dinero que si Carla tuviese hijos, los tuvo dentro de los lazos matrimoniales. Claro, parecía que la sociedad era más favorable con las madres solteras en estos días. Hasta que una descubre que está embarazada, y entonces una siente el estigma hasta la planta de los pies. Es cierto, ya a ninguna la expulsan de la aldea por inmoralidad, sino que en estos días una se siente estúpida por no fijarse con más cuidado en su método anticonceptivo.

¿Dónde estaba esa consejera que le dijo que esperase «hasta que esté lista» para tener sexo con un hombre? ¿Por qué la Srta. Farley nunca terminó la ecuación para mostrar que hombre + mujer = muy posiblemente otro hombre o mujer, dependiendo de cuál cromosoma viniera del hombre ese día? ¿Otro hombre o mujer que dependerían totalmente de uno?

¿Que apenas con cuatro kilos de peso podría apoderarse de toda su vida? *¿Lista?* ¿Qué mesera, que no tuviese grandes planes y no estuviese casada, que ni siquiera tuviese a un hombre con quien valiera la pena casarse, *estaba lista?* Sí, Srta. Farley, ¿qué tal si por lo menos paga por la prueba del embarazo? ¿Qué le parece eso?

«Son $12.63», dijo Carla, quien había estado trabajando allí durante años. Ella le dio a Nina una media sonrisa. Nina no la culpó por no sonreír completamente. ¿Quién quería estar en una farmacia en un día como hoy?

Nina revolvió su bolsón. La cartera. La cartera. *¿Dónde está?*

¡Ay, no! En la mesa de centro. Se la había puesto en el bolsillo trasero de sus pantalones anoche cuando vino corriendo aquí, a esta tienda, para conseguir una botella de aspirina. Y después cuando volvió a casa la sacó y la puso junto a la novela que estaba leyendo.

Ella miró hacia arriba. «No puedo creerlo… creo que dejé mi cartera en casa».

Nina rebuscó en el bolsillo de su blusa, sacó la propina que había metido allí la noche anterior: un par de billetes de a uno, y algunas monedas. Carla miró nerviosamente por encima del hombro de Nina y vio que la cola seguía creciendo.

Detrás de ella, otro anciano carraspeaba. Ella lo miró. ¿Qué es esto? ¿una convención de ancianos? Aunque esta vez no habían rosquillas de chocolate.

«¿Puedo regresar y pagarte después? Vivo cerca».

«Lo sé, está bien. Tienes tiempo. Mi turno termina a las cuatro».

«Gracias».

Tienes tiempo. Siempre es algo lindo de escuchar cuando uno siente que su vida está demostrando lo opuesto.

Nina puso el paquete en su bolsón, salió corriendo y dio la vuelta a la esquina en contra del tránsito peatonal, y se vio a sí misma, una mujer usando flores bordadas inmensas, dividiendo un mar de trajes oscuros y formales. Subió corriendo por las escaleras hacia su apartamento.

Debió haber llegado a su trabajo hace dos minutos.

Pero no había nada que importara en ese momento, nada excepto saber la verdad. Bueno, saberla con certeza. Si es que eso fuera posible.

Tres

La mariposa de papel reposaba sobre la vereda de concreto pedregoso de atrás, sus alas estaban levantadas hacia el cielo más despejado que el verano podía ofrecer. Celia la recogió, sus alas verdosas vibraban en el viento veraniego. Lucinda, su hija, estiró la mano para alcanzarla y la tomó delicadamente entre su dedo índice y el pulgar.

—¿Qué es?—, Celia le preguntó a la niña de tres años, mientras ponía el visor de su videocámara en el ojo y apretaba el botón rojo para comenzar a grabar.

—¡Mariposa!—, dijo la niña mientras levantaba la mariposa para que se viera en la cámara de su mamá.

Celia hizo un acercamiento, grabó el rostro grande de su hijita, las delicadas líneas rectas de sus cejas debajo de la parte central de su cabello marrón recogido para formar dos colitas. Su mentón acabado en punta descendía debajo de la dulce sonrisa. Y esas mejillas. A veces Celia quería comérselas.

—¿De qué color es, Loochi?

—Rosado—. Sus ojos oscuros destellaban debajo de su gran frente pálida. Celia realmente nunca había visto una niña más linda. Claro, posiblemente tenía una opinión sesgada, sin embargo, creía tener la razón al respecto.

—No...

Bueno, ella puede que sea encantadora, pero en cuanto a aprenderse los colores...

Celia veía a su hija por el visor mientras ella sostenía a la mariposa. El rostro pequeño de Loochi sonreía junto al insecto de papel, su cabello oscuro y brilloso resplandecía al lado de la borrosa y opaca claridad de las alas de la mariposa. Ella la había escogido en una tienda de baratijas cerca de casa.

—¡Verde!—, gritó Lucinda.

—¡Muy bien! Ahora, ¿qué hacen las mariposas?

—¡Volar!

—¡Sí, fabuloso!— A veces Celia miraba asombrada a Lucinda, recordando que su hermana y sus amigas le habían dicho que no se iba a dar cuenta cuánto podía amar un corazón hasta que ella tuviera hijos, que cada dolor profundo, cada momento de incertidumbre valía la pena.

—¿A las nubes?

—¡A las nubes!

Esas mujeres tenían razón.

Era un día especial, Celia así lo había decidido en ese instante. Ellas jugaron un poquito, pasearon, y pidieron una pizza. Ellas nunca pedían pizza. Celia trabajaba en una tienda de zapatos. Hasta pedir comida para llevar era un lujo. Pero eso no importaba. A Lucinda le encantaba pizza congelada casi igual. Y Celia iba a dejar que la mariposa viera *La bella y la bestia* con ellas porque sabía que eso era lo que Lucinda le iba a pedir. Esa mariposa loca se había puesto junto a Lucinda a holgazanear en el brazo del sofá toda la semana pasada.

Lucinda revoloteó y bailó con la mariposa. Saltaba de arriba abajo. Parecía un frijolito saltador con la piel brillosa por el calor del sol veraniego. Celia siguió grabando; tenía la sensación de que nunca iba a querer olvidar este día.

Cuatro

Ella detestaba este baño, las paredes de estuco azul, el viejo botiquín con espejo, el balde de azúcar que usaba como basurero. Cuando el centro de atracción es el inodoro, algo anda mal. Gracias a Dios por la persona que le puso a eso una tapa en forma de concha. Nina necesitaba recordatorios de la playa lo más a menudo posible.

Nina anhelaba a su padre en esos momentos, quería ver cabello rubio y áspero reflejando el sol, sus ojos verdes escondidos detrás de sus modernos Ray Bans, esos destrozados pantalones cortos caqui que siempre usaba en el verano. Gregory Daniels no había sido el mejor padre del mundo. A veces perdía la compostura cuando Nina llegaba a casa demasiado tarde o le detectaba olor a alcohol en el aliento; la castigaba y no la dejaba salir una noche y a la siguiente le quitaba la prohibición. Él mismo a veces tomaba en exceso; de vez en cuando se perdía de ir a los recitales de baile de ella. Pero sabía cómo reír; sabía cómo agarrarle las manos y bailar el «shag», algo que aprendió en su tierra natal de Carolina del Sur. Ellos daban tres pasos y luego uno fuerte sobre el piso de madera de la cocina al compás de la canción «Under the Boardwalk».

A veces la llevaba a la playa, y allí le decía a Nina lo que opinaba sobre la vida, lo que hace feliz a una persona, por qué es que el amor generalmente llega de sorpresa.

«¿Por qué?» le preguntó ella un día cuando se sentaron a comer helados, grandes porciones en conos crocantes. Ella se dio cuenta que probablemente los recordaba doblemente más grandes de lo que en realidad eran. Pero tenía derecho. «¿Por qué es así?»

—Porque la mayoría de nosotros creemos que si alguien supiera la verdad acerca de nosotros, saldrían corriendo. Busca a alguien que no tenga miedo de tu verdad, Nina. Y cuando lo encuentres, por supuesto, ¡no te cases con él! Eso lo echaría todo a perder.

—¿De veras?

Él puso su brazo alrededor de ella. —No. Estoy bromeando.

Nina se quedó parada junto al lavamanos de porcelana viejo y cuadrado, el agujero del drenaje lleno de óxido, la llave del agua goteaba cada tres segundos como de costumbre. Ella leyó las instrucciones del paquete de la prueba, sus nervios brincaban y hacían vibrar el papel. Memorizó las instrucciones y las botó, junto con la caja, al balde de azúcar. Las instrucciones no decían directamente «orine en un palito», pero era como si lo hubiesen hecho. Eso era lo que todas las mujeres decían cuando hablaban en la tienda. «¿Usaste la clase en la que orinas en un palito?»

De modo que Nina orinó en el palito. Esperando que aunque sea una vez, el destino estuviese de su lado.

La vida de Nina no había marchado según lo planeado porque en primer lugar, el plan había sido tonto. Eso fue lo que su madre le dijo el día que empacó la valija más grande que encontró y se mudó a la ciudad. De veras, ¿quién sinceramente trata de triunfar como bailarina en Nueva York? No la gente de verdad. La gente de verdad iba a los bares en el centro de sus ciudades natales, que en el caso suyo hubiera sido Filadelfia, y la gente admiraba su paso y brío, y ellos bailaban con sus lindos calzados, calzados de una zapatería no obstante. Ellos no tendrían la menor idea de cómo ejecutar un pataleo y rodar o una caída a un ritmo musical. Y esas personas al día siguiente regresaban a la oficina o el salón de una escuela o el salón de exposición.

Eso era lo que la gente de verdad hacía, la gente pensante y sensata.

Y eran inteligentes, razonaba Nina, mirando el minutero de su reloj. ¡Vamos! ¿Quién servía a las mesas durante cuatro años con la esperanza de… qué, Nina? Ella incluso había dejado de ir a las audiciones hace dos años; las voces de su madre y la gente común que hacía mucho tiempo se conformaron con los zumbidos y tamboreos de la vida cotidiana finalmente la convencieron. Los zumbidos y tamboreos sabían el secreto de la vida, ¿verdad? Nunca se arriesgaron y fracasaron. Sabían lo que era mejor desde un principio. Además, una persona sólo puede soportar el rechazo hasta cierto punto y hay tantos directores y coreógrafos que ni siquiera son considerados. Un simple «No, gracias» hubiera sido suficiente. No los bocaditos de crueldad que algunos usaban para sentirse tan inteligentes y finos a costa de las almas de la gente. Bueno, el alma de ella, posiblemente. Quizás algunos de los otros bailarines podían olvidarse de las fuertes humillaciones, pero aquellas palabras aún la carcomían por dentro, y le decían que se olvidara de ello. Ella no sabía por qué le otorgó a todas esas voces tanto poder, por qué no aprendió a escuchar a su corazón diciéndole que continuara. Pero en estos días, a la edad de veinticinco años, bueno, se sentía vieja.

Ahora se encontraba aquí, trastabillando por los senderos de concreto, dejando que la vida la acometiera, olvidándose de las llaves, sus pantimedias, olvidándose de las cosas que su madre le dijo acerca de los chicos antes que su padre falleciera y los consejos se detuvieran para siempre, olvidándose de que Manny, el propietario del restaurante donde trabajaba, quien trataba mejor a sus caballos que a la mayoría de sus meseros, estaba listo para despedirla si llegaba tarde una vez más.

Bueno, quizás ella no había olvidado eso. Manny no dejaba que nadie se olvidara de nada.

La cocina se movía como si fuera un aparato motorizado; varios pares de manos estaban picando cebollas y ajos, sacando pepitas y pelando los jalapeños, sólo para voltearlos y tirarlos a los tazones o las ollas. El lavaplatos giraba con bandejas de vasos y platos, y los ponía en el escurridero de acero inoxidable.

José sacudía la cacerola con cebollas empapadas, sacudiendo los trozos y volteándolos encima del calor de la hornilla de gas. Ahora, el olor de la preparación temprana era suficiente como para resucitar a cualquiera, y él había tenido una dura noche, y estaba rogando para que pudiese dormir. Sólo quería dormir bien esa noche.

—¿No viene Manny hoy día?—, preguntó Carlos mientras José echaba una salsa de mole en una sartén llena de codornices que preparó casi toda la mañana. Carlos señaló la codorniz cara con la punta de su cuchillo.

José movió sus cejas para arriba. «Me arriesgaré».

Por lo menos había comida a la que se podía recurrir una vez que ocurrió el accidente, fue algo que aprendió a hacer cuando era niño en México. Su madre y abuela le enseñaron sus respectivas recetas para los mismos platos; su padre a veces se acoplaba también. Cocinar era vivir para los del rancho Suviran, y después de cuidar los caballos y las instalaciones, podían comer toda una mesa de comida. Hasta Manny sabía preparar carnitas mejor que cualquiera de sus parientes; él asaba el cerdo hasta que se quedaba dorado, con la carne tan suave que se deshacía en la boca. Su padre no lo admitiría. Pero bueno, no importa. Algunas discusiones familiares continuaban por generaciones y brindaban una chispa cariñosa cuando se reunían. Había una belleza agradable en todo ello.

Él levantó la tapa pesada que cubría la olla de arroz, el olor era pegajoso, rico y conocido. ¿Y cómo llegó él acá? ¿A esta cocina? Hubo momentos en que estaba listo para empacar su mochila, aventarla sobre sus hombros, y marcharse. Quizás para regresar a México donde su abuela todavía vivía con su tía y tío. O quizás hacer trabajos casuales, mudándose cada cierto tiempo, viendo lugares que no vería de otra manera. Nunca subiéndose a un carro, por supuesto; él había renunciado a esos varios años antes. Si llegaba una tormenta, él se refugiaría en un granero o una gasolinera de las inmediaciones, y esperaría hasta que pasara. Ese tipo de cálculo del tiempo tenía mucho más sentido para él.

Él no sabía por qué no lo había hecho aún.

Se quedó mirando fijamente el interior esmaltado de la olla de hiero, el arroz y el agua, mezclándose mientras ese día aparecía fugazmente delante de él una vez más, tal como lo había estado haciendo todos los días desde aquel día en que dejó esos recuerdos. ¿No debían de estar un poco borrosos a estas alturas? ¿Sueltos de raíz?

Sin embargo, todo lo veía tan claro como el arroz que tenía por delante.

Los zapatos que usó ese día, zapatos italianos en punta, a la moda y elegantes, eran representativos de lo que estaba tratando de convertirse. Un ciudadano del mundo querido por todos, usando la mejor ropa, visitando los lugares más de moda, convirtiéndose en el hombre que todos los demás querían ser.

A la espera para ir a una conferencia de prensa, había bailado con Jazmín afuera de la casa de su mánager, Francisco. Sólo era una calle típica de Brooklyn, una fila de casas de ladrillo juntas como libros de una biblioteca, algunas cubiertas de estuco, otras de aluminio en su totalidad, algunas pintadas de colores brillantes con tonos rojos y amarillos, otros blancos o café. Las cercas de hierro cruzaban algunos jardines de adelante que hacían juego con las rejas que fluían al costado de las escaleras delanteras. Arces con sus hojas expuestas al calor sofocante de un día de verano, crecían en pequeños terrenos a lo largo de veredas de cemento. Los carros se adobaban en el sol, el asfalto parecía estar listo para formar burbujas y José ya estaba mojando toda su ropa de sudor. Normalmente él estaba acostumbrado a sudar, pero hoy había esperado quedarse fresco.

Anteriormente, se había peinado para atrás, puesto los pantalones y chaleco planchados de su traje Armani, aquel que adquirió el día en que firmó el contrato y salió a comprar de todo. Se sintió lleno de vida ese día, su rostro bien afeitado estaba a la luz del mundo, no había muestra de reticencia mientras hacía girar a Jazmín al ritmo de una canción que estaban tocando en un carro que unos jóvenes habían reparado en las inmediaciones. Él tenía todo lo que había querido y lo sabía. La vida lo estaba tratando bien.

—¡Ahora regresa! ¡Regresa!—, dijo él mientras hacía girar a la hermanita de su mánager, la jaló, la puso bajo su brazo y la hizo girar de nuevo. A José le encantaba bailar, menear las caderas y sacudir los hombros, retorcer los tobillos. En los bares, delante de su espejo, con su madre, con su enamorada.

La bella Carolina —más bonita que Helen, quien había salido con él mientras surgía a nivel profesional— planeaba reunirse con él esa noche después de la conferencia de prensa. La ropa fina y mujeres bonitas lo llevarían a las revistas de todo el mundo. Nada mal por sólo patear un balón de cuero. Nada mal para un chico que había pasado sus mañanas temprano paleando estiércol de caballo.

—Tu hermano va a llegar tarde a su propio funeral, Jazmín.

Ella se sonrojó.

—¡Carro!— El grito hizo eco en los carros estacionados y las fachadas de las casas.

José se volteó hacia el niño que gritó, luego recogió una pelota de fútbol mientras él y el resto de jóvenes jugadores corrían hacia la vereda. El niño, con cabello corto color marrón, volteó hacia uno de sus compañeros mientras señalaba a José. «¡Te dije que era él!»

Los demás sólo asintieron.

Los ojos parecían tener unos cuantos años más que los que podían sugerir sus cumpleaños, él extendió la pelota andrajosa, tan sucia y gastada que era difícil diferenciar los hexágonos blancos de los negros. «¿Quisieras…?»

—¿Qué es esto?— José sacó la pelota de las manos del niño, la hizo rebotar una vez, luego le dio vueltas entre sus palmas. —Qué linda pelota. ¡Vaya! Ustedes juegan mucho ¿eh?

Ellos asintieron. Él aplastó la pelota con sus pulgares para sentir la presión. Muy bien.

—¿Dónde juegan?

El niño, obviamente el vocero del grupo, movió su cabeza hacia la pista. —La calle.

—¿La calle? ¿Y qué de los carros?

—Tenemos que quitarnos todo el tiempo. ¡Apesta!

José se extendió y despeinó el cabello del niño. Pero sabía que si el juego hervía en su sangre, ellos jugarían en cualquier lugar. Le gustó la manera en que el niño lo miraba, lo admiraba pero lo medía todo el tiempo.

Él se inclinó hacia Jazmín y susurró: —Anda y dile a tu hermano que se apure. Tenemos que irnos.

De nuevo con los niños. —¡Muy bien! ¡Ustedes ahí!— Señaló a un niño y luego al siguiente, poniéndolos en sus puestos a lo largo de la vereda mientras ponía la pelota en el suelo. —Tú, allá; tú, más allá, tú aquí, y tú acá.

Los chicos se movieron rápido. Lo más probable es que ninguno de ellos se imaginó que al salir a jugar ese día, el jugador que recién había contratado el Club Madrid los iría a acompañar. Su día de suerte, ¿eh? José señaló al único niño que había dicho algo hasta ahora. —¿Cómo te llamas?

El niño habló entre dientes.

—¿Ah?

—David.

—¿Estás listo, David?

Él asintió, sus labios formaban una expresión severa. José comenzó a atacar, zigzagueando a los niños donde los había puesto. Ellos voltearon y lo siguieron.

José se detuvo y giró sobre sus talones. Ellos pararon de golpe.

Él extendió sus manos. —¿Dónde está la pelota?

Los niños miraron fijamente sus pies, sus cejas estaban fruncidas de la confusión. Ellos miraron hacia el lugar donde José había comenzado a correr.

Ah, ahí estaba. La pelota. Parecía como si se hubiese pegado al cemento.

José cruzó sus brazos. —Ustedes están durmiendo, ¿eh?

David se apuró, recogió la pelota y se la tiró a José.

José la agarró. —¡Francisco!—, gritó él hacia la casa donde se estaba quedando. Iban a llegar tarde. Él metió la mano en su bolsillo para buscar el rotulador que su mánager le había puesto ahí con anterioridad para firmar autógrafos, en caso que fuese necesario. «Uno nunca sabe, José», había dicho Francisco.

Él firmó la maltratada pelota, y los niños sonrieron. —Hmm. Mi nombre se ve muy solitario en esta pelota. ¿Qué tal si pongo unos cuantos nombres más para ustedes? Como Tomás Córdoba.

—¡El Puma!—, gritó David.

—¡Ajá! Pero será mejor que tengan cuidado. Quizás me quiera quedar con la pelota.

Los niños se miraron entre sí, las cejas levantadas, los rostros abiertos. José tenía mucha esperanza en ellos. En él también. Pero tenía que irse. ¿Cómo podía un hombre tomarse tanto tiempo para alistarse? «¡Francisco!» le volvió a gritar a su mánager. «¡Francisco! ¡Vamos, hermano! Ni tu hermanita se demora tanto».

Por fin.

Francisco bajó trotando por las escaleras de adelante. «No me odies porque soy hermoso». José todavía podía acordarse de su vestimenta:

gorra de cuero negro, una guayabera rosada, de marca por supuesto, de las preferidas por fumadores de puro por todos lados, aunque quizás no de rosado, pero así era Francisco. El argentino Francisco hablaba con sus manos tanto que a José le daban ganas de reírse. Bueno, puesto que a José no se le permitía usar las manos, era mejor que el privilegio lo tuviera Francisco.

Francisco se puso su reloj en la muñeca. «Además, no se ganó Zamora en una hora; esto lleva tiempo». Él tronó sus dedos y dijo «¡Vámonos!»

José levantó la pelota. —Muy bien, chicos. Se las regresaré, lo prometo—. Ellos chocaron las manos, sellando el trato.

Él aventó la pelota en la parte de atrás de su convertible, sintiéndose muy sudoroso y algo heroico. —Muy bien, vámonos.

David cruzó sus brazos. —¿Con qué jugaremos hasta que regreses?»

José abrió la puerta del carro. Volteó hacia Jazmín, quien estaba parada en el porche. —Ah, Jazmín. ¿Podrías agarrar una de esas pelotas de práctica que Francisco guarda en su armario?

Ella asintió y entró a la casa.

—No, no, no, José. Esas pelotas son caras.

José golpeó a Francisco en el hombro mientras entraba al carro. Qué hombre tan apretado. —¡Relájate! Ahora somos ricos.

Francisco asintió. —Tienes razón—. Se estiró hacia atrás hacia una caja de cartón que estaba en el asiento trasero, sacó una gorra, y se la dio a David. —Llámame si necesitas un mánager.

Mirándose por el espejo retrovisor, José lamió sus dedos y arregló su cabello hacia atrás.

—Vámonos, José—, dijo Francisco, como si José los hubiese retrasado.

Ah, muy bien.

Jazmín tiró una pelota de práctica desde la habitación de Francisco en el segundo piso.

David corrió hacia ella, encabezando el grupo de niños.

—Muy bien, estoy listo—. José agarró el timón.

Un gran día. Un gran, gran día.

Puso la llave en el encendido del carro, un Bel Air de 1957. Era largo y de color negro, con cromo brillante, y el interior de cuero había sido restaurado. Con la ayuda de Manny y de su padre, él había pasado cientos de horas arreglándolo. Una clase distinta de carro para una clase distinta de hombre. Iba a demostrar al mundo que él era otra cosa.

El motor respiraba y zumbía. José lo puso en marcha, y los dos tubos de escape hicieron un gran estruendo mientras manejaba por la calle tranquila tocando amistosamente su claxon, él y Francisco levantaron el dedo índice simbolizando el número uno a los niños que habían dejado atrás. El sol calentó sus hombros y se sintieron como conquistadores. Brooklyn hoy, Europa mañana. ¿Quién lo hubiera dicho? Pero ellos lo aprovecharon al máximo. José se había hecho la promesa de que después de todo el trabajo duro y sacrificio de su familia para que llegase a estas alturas, él no iba a desperdiciar un solo segundo.

Francisco sacó de la guantera un estuche de cuero conteniendo puros y escogió dos Cohibas. Le quitó el celofán a uno de ellos, le cortó la punta y luego se lo dio a José.

En la siguiente señal de alto José se lo puso entre sus dientes y Francisco acercó su encendedor para prenderlo. —Sabes que no hay que inhalar, ¿verdad?

José se reclinó, aspiró profundamente, y dejó que el dulce sabor corriera sobre su lengua. Sopló una corriente fija y delgada de humo que el viento rápidamente dispersó y luego miró a Francisco como si estuviera loco.

Lo cual era cierto. Esa fue la razón por la que lo contrató como su mánager. Francisco convertía todo en una fiesta. O por lo menos lo intentaba. Hoy día tenía una tarea difícil por delante, tenía que convencer a José de encantar al público en una conferencia de prensa. José planeó hacer que se ganara su sueldo. Que Francisco sude un poquito.

Él giró a la derecha. —Soy un jugador de fútbol, hombre. Detesto las entrevistas. Te dije: No soy un orador.

Francisco pasó la mano sobre su cabello rubio. —¿Recuerdas qué tienes que decir, ¿verdad? Practiquemos.

José sonrió. —¿En inglés o en español?

—En inglés. Vamos, José. Practica.

Hablar con David y su pandilla era una cosa, pero esta entrevista de práctica era otra. José dio pitadas a su puro, tratando de calmarse. Pónganlo en la cancha y no le interesaba quien bloqueaba su camino. ¿Pero entrevistas? Él prefería jugar solo contra once que sentarse con un micrófono en la cara. —Estoy feliz de… la oportunidad… estar aquí con todos ustedes, con—

—Dime. ¿Dónde aprendiste inglés? ¿En un programa de fonética?— Francisco remangó su muñeca, su propio puro rodeaba el humo. —Tienes que decirlo con clase. Quizás una pequeña lágrima, una pizca de emoción. «Estoy emocionado de estar aquí en medio de la destacada presencia de ustedes, bella gente». Entonces te pones la gorra—. Se quitó la gorra de cuero, y se puso la gorra de su equipo y continuó. —«Estoy…este… extasiado de estar aquí hoy delante de todos ustedes, bella gente. Quiero agradecer a mi maravilloso mánager, Francisco, etcétera, etcétera… Club Madrid, etcétera, etcétera». *Con mucha emoción. Así se hace.*

—Sí—, dijo José con una sonrisa. —Tengo una idea mejor. Tú haces la entrevista.

Francisco tamborileó con los dedos en la puerta, contestando a su vez. —Tienes razón. Yo debería hacerlo. ¿Cómo me veo?

—Como si hubieras nacido para esto.

Francisco guiñó el ojo. —En serio.

José movió su puro hacia la gorra. —Esa gorra representa dos millones de dólares.

—Dos punto dos. No redondeamos.

José podía sentir el aire de celebración que soplaba por su pecho ese día, recordando lo que había dicho Francisco, las palabras aún le golpeaban mientras trabajaba en la cocina de su hermano.

—Mañana, José, estarás en todas las revistas desde Canadá hasta Argentina. Tu rostro va a estar en todas partes.

Sí. Pero necesitaba superar el día de hoy, de pie delante de reporteros y fotógrafos.

—¿Estás seguro que necesitamos tomar estos atajos por el vecindario, Francisco? ¿No podemos tan sólo entrar a la autopista 278?

—Has estado conmigo todo este trayecto, hermano. Confía en que te llevaré a donde necesitas ir.

Y José siguió manejando. Sus finos zapatos italianos apretaban el acelerador de su elegante convertible antiguo. Cantaba al son de la música, con el puro entre los dientes. —«Baila conmigo, hazme menear…» Oye, ¿dónde dijiste que va a ser la apertura? ¿En Buenos Aires o Madrid?

—Todavía no lo sé. Pero, espero que sea en mi país… Te cuento, hombre, las mujeres argentinas son preciosas. No se puede pedir más.

A José le encantaba esta canción. —«…Sólo tú tienes la técnica mágica, cuando meneas me debilito…» Tan sólo con sus acentos me matan.

—Mira hermano, no son perfectas… pero son argentinas—. Francisco sonrió, levantando sus cejas.

—Sí, qué malo. Hombre, si te gusta tanto allá, ¿por qué no te mudas para allá?

—Por la misma razón que no te mudas a México—. Sobó la yema de los dedos con su pulgar en señal de dinero.

José hizo con su puro como si estuviese golpeando al sol. —¿Sabes hermano, por qué los argentinos miran al cielo y sonríen cuando cae un rayo?

—¿Por qué?

—Porque creen que le caen tan bien a Dios que él les está tomando fotos.

—¿Y tú lo dudas?

Continuaron manejando, la música era tan estruendosa que dejaba despiertos a los humildes vecindarios de Brooklyn.

Francisco señaló los zapatos de José. —Hombre, no puedes arriesgarte con esos zapatos… jugando en la vereda así?

—No te preocupes por eso.

Francisco volteó hacia él, con el rostro serio. —Eso lo he oído antes. Luego te lesionas y ¡puf!—, sacudió el pulgar hacia su puerta —todos esos años en las ligas menores, todo el esfuerzo que hiciste, todo se va al tacho.

El hombre se preocupaba demasiado. —¡Quién habla! la mamá sobreprotectora.

—Hablo en serio. Algo sucede y ¿a quién gritan? A ti te mandarán a un centro de rehabilitación lujoso con enfermeras bonitas. Pero los de traje le gritan a los mánagers.

—Está bien, jefe, no más partidos de fútbol en la calle. Es un gran negocio ahora.

Francisco se reclinó en su asiento. —Acertaste. Tus pies tienen precio.

Seis años después, en esa cocina ajetreada, José quería regresar a ese día. A ese preciso momento. No, de regreso a la tienda donde compró esos zapatos Ferragamos. Ese sería el momento porque él creía que se merecía zapatos como esos, y cuando un hombre se halla creyendo que merece un par de zapatos de dos mil dólares, ya está a mitad de camino para meterse en líos.

Nunca se olvidó de los argumentos finales del fiscal quien lo llamó «un joven sin templanza, careciente del cuidado que se requiere para ser un ciudadano en nuestra sociedad». Y tuvo que estar de acuerdo con el hombre, aun cuando estaba sentado con su abogado, esperando y rogando por un milagro. Hay gente que se libró a pesar de haber hecho cosas peores, decía continuamente su familia. La sentencia dejó mudos a todos. Rara vez hablan de ello aún hoy en día, y si lo hacen, es envuelto con términos como «el accidente» o «cuando estuviste lejos».

Él levantó su mano y examinó la palma, una vez era suave y blanca, ahora es roja, con cicatrices y callosa. Sacó la olla de arroz de la hornilla y bajó su mano hacia las llamas.

Eso. Eso.

Cinco

anny sacó brillo a sus gemelos de oro con sus pantalones, se levantó de su escritorio, listo para verdaderamente empezar el día. Terminó de leer los libros, y ahora era el momento de chequear la cocina. José generalmente hacía un excelente trabajo, pero había días en que era muy distraído.

¿Cómo puede uno ver a su hermano menor pasar de ser una estrella de fútbol bien afeitado y alegre a cocinero barbudo y serio sin que le lastime el corazón un poquito?

No se puede.

Así de sencillo.

Pero Manny sabía que el trabajo duro y continuar avanzando resolvía la mayoría de las enfermedades de la vida. Lo mejor que podía hacer por su hermano era tenerlo alerta, esperar grandes y fabulosas cosas de él, y vigilarlo. El restaurante le hacía bien a José. Manny no podía dejar que regrese a ser la persona sombría que se había convertido en la cárcel: Demacrado, angustiado, repitiéndose la escena en la mente una y otra vez.

Pero José también era bueno para el restaurante. Tenía que admitirlo. Este hombre sabía cocinar. Manny había inaugurado El Callejón ocho años antes usando un préstamo para pequeños negocios, y desde entonces no había podido dormir una noche completa. Si esperaba mucho de José y su personal, esperaba aun más de sí mismo.

Él pasó la mano encima de los uniformes morados de jinete que le habían entregado el día anterior y que estaban colgados en la puerta, cerró con llave la oficina del sótano, y subió las escaleras hacia el piso principal de su restaurante. Cuando lo inauguró, a manera de broma llamó El Callejón el amor de su vida. Ahora, bueno, la broma no era tan graciosa. Treinta y seis años de edad y casado con el lugar, sin mencionar el hecho de que recién se había comprado un pura sangre, no tenía tiempo para encontrar una esposa. Su madre estaba casi fuera de sí. «No tienes hijos. Tampoco José. Sólo mi hijo más pequeño, Manny, me da esperanzas que algún día, algún día, sea abuela». Ella había estado orando por diez años y hasta ahora no había nietos.

—Mamá—, le decía él siempre, —si dejaras de estar tan obsesionada con todo esto, creo que te haría bien.

—Disculpa, Manny. Es que tú y tu hermano serían buenos padres.

Si fueran como el padre de Manny, eso realmente sería cierto.

—¡Y ahora te compras este caballo!— dijo ella el otro día. Por supuesto su papá estaba emocionado de que la tradición equina de la familia continuaría aquí en Estados Unidos.

Manny estiró el brazo, abrió la puerta vaivén y entró a la cocina. Suculentos pimientos verdes y amarillos, naranjas, mangos, y aguacates aguardaban los cuchillos de los cocineros; chiles picantes y tomates contrastaban con las tablas para cortar, el acero inoxidable, y la losa. Siempre consciente del Departamento de Salud y siendo meticuloso por naturaleza, Manny exigía que la cocina estuviese limpia. Todo estaba conforme a estándares perfectos. Todo, excepto la gran barba de su hermano. «¡Buenos días!»

Sí, todo estaba marchando muy bien. En la estufa, Pepito, un joven de rostro amigable que usaba una gorra negra de cocinero, sacudió una gran sartén de cebollas jugosas. Uno de los otros cocineros, Manny no se acordaba de su nombre, cortó un pedazo de lomo de cerdo ahumado y Manny lo señaló. «Asegúrate de sacarle cinco cortes a eso». Si se les permite que sean generosos, el negocio se iría a la quiebra. Uno tenía que fijarse en cada detalle, por completo.

Se dirigió hacia el lavaplatos y sacó de la bandeja un objeto de cristal que recién se había lavado. Muy bien. Sin mancha. Él había conseguido el aparato de segunda mano cuando abrió y sólo la suerte y la cinta aislante evitaban que terminara en el basurero. Él estaba seguro de esto porque era la única explicación posible.

Marco, una persona medio canosa con una barba bien arreglada y el mentón ligeramente partido, quitaba las pepitas a los jalapeños en su lugar de trabajo, y los tiraba en una licuadora.

—Marco, recuerda. no pongas demasiados jalapeños. Si pica demasiado, no lo comerán. La gente no tiene el mismo estómago que tenemos nosotros.

Él asintió mirando a José, quien se veía apesadumbrado y serio como siempre, luego Manny se fue al comedor, el aroma de la comida lo seguía.

El Callejón ha evolucionado con los años. Él había coleccionado arte auténtico de Oaxaca, ingeniosos animales esculpidos de colores brillantes, y murales con escenas de la vida diaria que complementaban el lino color café y los manteles color verde pasto.

La sala zumbaba con meseros; los hombres con pantalones blancos sueltos y camisas sujetadas con fajas carmesí, las mujeres usaban faldas y blusas bordadas, todos sacaban brillo a la vajilla de plata o arreglaban las mesas o preparaban las áreas de servicio con vasos extra, platos, y cuchillería.

Floreros tras floreros con flores frescas y exóticas brindaban un ambiente festivo al lugar. Entusiasmo. Celebración. Eso es lo que quería Manny, como si deseara abrir las puertas y decirle al mundo: «Vengan, nosotros los Suviran sabemos lo importante que es la vida, y vivir».

Por lo menos lo sabía en los días buenos. Y hoy iba a ser un buen día. Uno muy bueno. Él se iba a encargar de que así fuera.

El jefe del comedor, Pieter, se acercó a su lado. —Buenos días, Manny.

—Buenos días.

Manny nunca en realidad llamaba a Pieter por nombre, tenía miedo de pronunciarlo mal. Según el registro tributario, él se le reportaba simplemente bajo el nombre de «Peter».

Pieter sacó su asistente digital Palm, listo para tomar apuntes. Manny creía que era un poquito «chupamedias», pero hacía un buen trabajo, ponía mucha atención a los detalles, y podía encontrar los ingredientes más misteriosos que uno se pudiera imaginar.

Se detuvieron en el bar de madera amarilla donde Margarita, una mesera, doblaba servilletas de lino mientras se sentaba delante del mismo.

Henry, el nuevo cantinero, un irlandés sonriente de cabello color arena con lentes gruesos, sacaba brillo a la cristalería.

Manny lo señaló. —Henry, asegúrate de traer más que suficiente menta fresca al bar.

Henry puso el vaso en la mesa. —Por supuesto. Ya sé muy bien cómo hacer mojitos.

—Eso espero—. Manny suavizó sus palabras con una sonrisa. —Ese es nuestro trago distintivo.

Como si Henry no lo supiera. A veces se cuestionaba su falta de habilidad de dejar que las cosas fluyeran. Su madre le dijo que era un buen candidato para tener un derrame cerebral. Su hermano menor, Eduardo, lo llamaba monstruo controlador.

Eduardo era demasiado norteamericano en estos días. Especialmente con su nueva enamorada. Una modelo. ¿Cómo se llamaba? Manny no podía recordar. Pero sonaba como algo delgado, como lo era ella. Manny prefería mujeres más robustas. Una mujer delgada se enferma, ¡e imagínense todas las cuentas del doctor!

Señaló a Henry. —Si te preguntan, di que eres cubano-irlandés. Yo soy cubano-mexicano. Todo el lugar es algo cubano durante la semana.

Él se había enterado que una convención de empresarios cubanos se estaba llevando a cabo en un hotel cercano. José estaba planeando algo especial cada día: boliche, costillitas, y piernas de cordero. José tenía un estilo de cocinar carne, frotándola, masajeándola con especias, que ni el mismo Manny podía copiar.

Iba a ser una buena semana. Lo podía sentir. Ellos estaban preparados.

Él volteó hacia Pieter y susurró: —Prueba los nuevos tragos de Henry y dime qué tan bueno es él.

Pieter anotó eso en su asistente digital, cruzando el estilete rápidamente por la pantalla.

Manny se acercó a la mesa donde estaba el queso, el aroma de cuñas de añejo, asadero, y queso de Oaxaca mezclados con mangos, melón, y uvas. Manny metió su meñique en un tazón de salsa para bocaditos. Se lo llevó a la boca, dejando que tocara la punta de su lengua. «Esa salsa está buena».

Sí, un día muy bueno. Y se venía un fin de semana aun mejor.

El lunes, día en que no abrían, se iría a los establos. Quizás convencería a José de salir de la ciudad con él.

Se acercó a Amelia quien estaba trabajando en el puesto de tortillas en la parte de adelante del restaurante. Los brazos gordos de Amelia vibraban con cada empujón de su rodillo, y apartó un mechón que se había salido de su moño. «¡Amelia!»

Ella sonrió, mostrando sus dientes blancos y parejos. Amelia siempre tenía una amplia sonrisa, y tenía una hermosa frente despejada. Ella hacía que él extrañara a México, sus ojos oscuros destellaban casi tanto como los aretes que colgaban de los lóbulos de sus orejas. «Buenos días, señor».

Amelia trabajaba duro. Manny apreciaba a la gente en que se podía confiar.

En la mitad del comedor se extendía una mesa larga. «Lindo. Muy lindo».

Sabían hacer las cosas bien en su restaurante.

Pieter miró a su alrededor, tocando su asistente digital con el estilete. «¿Alguien ha visto a Nina?»

Ah, no. Manny miró a Pieter.

Reglas son reglas. A Manny le gustaba Nina y ella había trabajado ahí por mucho tiempo, pero últimamente… Él se dirigió de regreso a la cocina. Quizás José sabía algo. Los empleados le tenían confianza. Quizás eran esos ojos tristes de venado, en los que encontraban una silenciosa compasión. Bueno, mejor que sea José y no él. Él tenía que conducir un negocio y sin éste, ¿dónde estaría toda esta gente, verdad? La mayoría de los dueños de restaurantes que él conocía no eran tan simpáticos.

Seis

ina levantó el palito de plástico a la luz tenue que atravesa-
ba la pequeña ventana con cristal traslúcido del baño. Las dos
líneas azules podrían haber sido luces intermitentes de neón:
«¡Embarazada! ¡Embarazada!» Ella tiró el palito en el lavamanos con un
gemido frustrado y pateó el tacho de basura porque, a diferencia de Pieter, el balde de azúcar estaba allí. ¿Por qué la verdad, cuando se presenta
con toda claridad, siempre se siente peor que cuando permanece en la
sombra?

Pero ella sabía. Ahora lo sabía.

Ella chocó su cabeza contra el espejo. Una y otra vez.

No, no, no. Esto no estaba en sus planes. No en sus planes grandiosos.
Y ni siquiera en los planes de «sentar cabeza».

Es mejor simplemente realizar las labores del día.

Pero había una cosa más por hacer. Agarró un directorio telefónico, buscó el segundo listado en las páginas amarillas.

Clínicas de Aborto.

Bueno, de nada vale ser enigmática al respecto.

Antes de ello, Alternativas al Aborto le llamó la atención. El primer listado.

No.

No había otras opciones.

Ella marcó el teléfono. Una voz afectuosa le aseguró que todo iba a salir bien, y así sería, ¿verdad? Las mujeres hacían esto todo el tiempo y sobrevivían.

«Sí, tuvimos una cancelación para el miércoles. Está con suerte» dijo la voz. ¿Está bien la una y media?»

«Sí». Nina susurró la palabra, sintiendo otra ronda de náuseas. Ella le dio a la mujer la información. Le dijeron lo que no debía comer, cuánto costaría el proceso.

«¿Qué método de pago va a usar?» preguntó la mujer.

Nina no tenía la menor idea. Tenía que pagar el alquiler el lunes y sólo le quedaban quinientos dólares en su cuenta bancaria. «Efectivo» dijo ella, sin tener la menor idea de dónde iba a sacar ese dinero, especialmente cuando se avecinaba el pago del alquiler. «Sí. Efectivo».

Ella estaba esperando lo mejor.

Muchas cosas pueden suceder mientras tanto, ¿verdad?

Ella agarró su billetera de la mesa de centro, la metió en su cartera, y se fue a trabajar. No había manera de que pudiese tomar una ducha y se había pasado la noche anterior dando vueltas en la cama, cubierta del resbaladizo sudor del temor. Bueno, conociendo a Manny, él había asignado más clientes que la capacidad máxima del local y ella iba a estar de pie de cualquier modo. No hay desodorante que pudiera ocultar esa clase de sudor.

Mientras caminaba de prisa por la vereda rajada, ella llamó a Pieter.

—Tengo los resultados de la prueba.

—¿Sí?—, se le notaba esperanzado.

—Positivo.

—Oh.

—Sí, así que…

—Yo tuve cuidado.

—Yo también, Pieter.

Hubo silencio. —Se está poniendo muy ajetreado por aquí, Nina. Deberías estar trabajando.

Ella aplastó el teléfono más cerca a su oído. —De modo que sí. Así que pensé que te gustaría saber.

—¿Te vas a encargar de eso?

—¿Yo? ¿Sólo yo?

—Tú sabes lo que quiero decir, Nina.

—No tengo esa cantidad de dinero.

—Vamos a medias—, dijo él.

—¿A medias? ¿A medias, Pieter? Esto no es un aperitivo en Chili's.

—Vaya, Nina. Esto tampoco es fácil para mí.

Ay, caramba. Ella podía imaginárselo con su cabello liso y su actitud imitación europea. Qué tal farsante. Pieter. Él se había criado como un simple Peter en Paramus, Nueva Jersey. El resto del personal creía que había añadido la i para parecer francés y mejorar sus posibilidades de abrir su propio restaurante algún día. —Mira, me tengo que ir. Hablaremos del dinero después del trabajo, ¿sí?

—Te haré un cheque cubriendo mi parte cuando llegues aquí.

—Hazlo, Pieter. Claro.

—Pero será mejor que te apures. Manny...—

Ella colgó, sorprendida de sí misma. Ella no creía que Pieter era la persona perfecta, pero creyó que posiblemente diría algo como: «Caray, Nina, lo siento. Esto debe ser muy duro para ti. Yo colaboré en meterte en este lío. Te ayudaré de cualquier forma que creas necesario». No. Nada parecido.

Y voy a tener su hijo. Ay, caramba.

Ella se sentía como la idiota del siglo.

¿Cómo es que esto nunca le pasó a las chicas del programa televisivo *Sex and the City*? Ellas hacen mucho más que lo que ella jamás hizo.

Manny entró a la cocina, se acercó directamente al área de José donde él se encontraba picando pimientos. José conocía la apariencia del rostro de su hermano. De modo que los problemas del día ya habían comenzado.

—José, ¿qué pasa con Nina? Llegó tarde ayer y hoy se ha retrasado 45 minutos. Son dos días seguidos, además de llamar la semana pasada a último minuto para decir que estaba enferma. Son un total de tres días y tú sabes lo que sucede a la tercera vez.

Todos sabían lo que pasaba a la tercera vez. José juró que Manny dijo que él mismo se despediría del trabajo si llegaba tarde tres veces. —Ella estará aquí.

Manny miró la ajetreada cocina y dijo suavemente. —No puedo dirigir mi negocio de esta forma. Sencillamente no puedo.

Carlos, un cubano de cejas gruesas como orugas y mirada amplia, sostuvo una sartén y la mostró a José. —Prueba esto, José.

José metió la punta de su cuchillo en la sartén. Nada mal. Mejor que lo último que intentó el cocinero. —Un poquito más de epazote.

Manny tronó sus dedos y el cocinero volteó la sartén hacia él. Metió un dedo y se lo llevó a la boca. José estudió su rostro. Quería discrepar, José lo podía notar, pero meneó la cabeza y sonrió.

—Sólo un poquito—, dijo Manny riéndose.

Sí, allí estaba el hermano que primero había jugado fútbol con él. José meneó su cabeza. Manny.

—¿Qué hay para la cena familiar?— Manny miró su reloj. —Ya casi está listo, ¿verdad?

—Sí. Chiles rellenos y codorniz asada con mole rojo.

—¿Qué?— Manny se inclinó para examinar la sartén con codornices a través de los estantes del área de trabajo de José. —Esa es una cena familiar bastante elaborada.

—Los chiles se están malogrando, hombre.

Manny golpeó suavemente con sus dedos la superficie de acero inoxidable de la ventana del área de trabajo. —Me refiero a la codorniz, José. Pudo haber sido un especial. Se puso derecho. —Ah, ya veo cómo es la cosa. Tú sólo preparas los pedidos elaborados del personal y yo lo pago, ¿verdad?— Él se inclinó hacia delante. —Te equivocas. Nosotros cocinamos para los clientes, no para el personal. La próxima vez les das tacos y arroz. *¡Y punto!*

José asintió como si fuese a saltar a obedecer esas órdenes en el futuro. Pero no lo haría. Él preparó la codorniz a propósito. Si Manny no iba a pagar a algunas de las personas de la cocina, ilegales en su mayoría, un sueldo justo, él lo haría por medio de la comida. Era lo justo.

Nina pensó en llamar a su madre. No. Ahora no. Ella deseaba poder llamar a su padre. Él le hubiera brindado su apoyo. Ella sonreía cuando se imaginaba la conversación que hubieran tenido. Siempre se lo imaginaba sentado en la playa.

—Papá, estoy embarazada.

—Ah, el nacimiento virginal está volviendo a ocurrir, ¿verdad?

Ella sonreiría, sólo una ligera mueca con los labios. —De Pieter.

—Nunca me cayó bien ese sujeto.

O no le iba a caer bien si lo hubiese conocido. Para su padre, todas las personas estaban hechas de celofán.

—Regresa a casa. Tu habitación está igual. Yo te cuidaré.

Y luego la verdad de lo sucedido le hubiera impactado.

—¡Caramba, Nina! ¡Yo no te crié de esa manera!— Y él se hubiera acordado del hecho de que iba a tener que enfrentar a su familia, y ellos hubieran sido sentenciosos porque Gregory fue el que nunca vivió a la altura de su potencial ¿y no era esto prueba de ello? ¿No era de esperarse? Bueno, de tal palo tal astilla, dirían ellos, porque la familia de su padre no era muy original para expresarse.

Ella ofrecería excusas a su papá, allí por el celular, acerca de cómo ella necesitaba ir a trabajar, cómo es que estaba a punto de llegar, lo cual era cierto, y lo mucho que lamentaba lo ocurrido. Pero ella vivía en una gran ciudad, millones de personas solitarias, y además, tenía veinticinco años, papá, y ¿cuántas mujeres de veinticinco años todavía eran vírgenes?

Ella trabajaría en su turno y él dejaría cinco correos de voz, el primero un poco enojado, el último diciendo cuánto lo lamentaba por haberse enojado y que le regrese la llamada. Por favor.

Así hubiera sido si él hubiese vivido hasta la era de los celulares. Pero no fue así.

Él le hubiera dicho lo que ella podría haber dicho para ablandar el corazón de Manny por haber llegado tarde, ¿pero qué rayos podría decir a la regla de Manny «a la tercera te me vas» que lo convenciera de dejar que ella siguiera trabajando?

Ninguna persona que Manny había despedido había tenido suerte. Y hoy día, bueno, para comenzar ella no era una de las personas más suertudas del mundo.

Siete

—Muy bien, Loochi. ¿Estás lista para jugar otra vez?

—¡Sí!

Celia detestaba jugar a las escondidas, y resultó ser el juego favorito de Loochi. ¡Su hermana también le había advertido al respecto! —Muy bien, voy a contar...

Se tapó los ojos. —Diez...

Algo dentro de ella siempre se agitaba cuando Lucinda desaparecía de su vista. *¡No te vayas!* siempre pensaba ella, como a veces sucede cuando dos personas sólo se tienen una a la otra, y este era el caso con Celia y su hija.

—Nueve...

Su esposo fue asesinado en el extranjero aun antes de que naciera la bebé, Celia casi pierde a Lucinda al dar a luz.

—Ocho…

Pero Celia la mantuvo con vida con su fuerza de voluntad, exigiendo a los doctores, las enfermeras, e incluso a Dios, para que esa bebé azul, que no respiraba, viva. ¡Viva!
—Siete…

Así que Lucinda sí vivió, cobrando aliento, finalmente, cuando escuchó el grito de su madre quien, por todos los cielos, no iba a dejar que esta niña falleciera sin librar una batalla. «¡Respira!» gritó ella, la palabra terminó en un tono que hizo que una de las enfermeras se tapara los oídos.

—Seis, cinco, cuatro, tres, dos… ¡uno! ¡Aquí voy, estés o no estés lista!

Celia abrió sus ojos.

—¡Sonríe!— Lucinda, aún delante de Celia, sostenía la mariposa.

—Cariño, este es el momento en que se supone que tienes que esconderte.

—¡Yo te puedo ver!

Celia se rió. —Yo también. Vamos a jugar esto mucho cuando visitemos a la abuelita. Ella tiene caballos, cerdos y vacas.

—¡Muuu!— Lucinda apretó sus tersas cejas.

—¡Muuu! ¡Eso es!

Celia no podía concebir dejar el apartamento al que se mudaron ella y Scott hace cinco años.

—¡Juega otra vez!

Lucinda se fue y Celia se tapó los ojos, contando al revés de diez para abajo. Una vez más.

—¡Aquí voy, estés o no estés lista!— Ella abrió los ojos y no vio rastro de Lucinda. Quizás la niña de tres años estaba comenzando a entender el juego.

—¿Loochi?— Ella miró detenidamente debajo del porche y por todo el jardín pequeño detrás de su apartamento en el primer piso, donde habían sembrado plantas el otoño anterior. Ahora, los lirios florecían y las azucenas anunciaban un matiz soleado contrastando con la vegetación. Los azafranes de primavera ya se habían ido hace tiempo, la mayoría de ellos terminaban sosteniendo el cabello de Lucinda, y cuando ella hacía suficiente escándalo, también el cabello de Celia. Una mañana caminaron a la tienda con por lo menos diez botones en sus cabellos. Lucinda le dijo que parecían reinas florales.

—Loochi, ¿dónde estás?

No. Tampoco detrás de los arbustos con nieve.

—¡Aquí voy!— gritó ella.

De hecho no estaba en el jardín.

El temor hizo vibrar la nuca de Celia hasta la base de la espina dorsal. —¿Loochi?

Ocho

José quería que Pepito apagara ese radio, pero en cambio, el cocinero subió el volumen del programa deportivo. «La selección nacional de fútbol de México enfrentará a Estados Unidos en Nueva Jersey en el partido eliminatorio de la Copa de Oro».

Entonces, la selección nacional de México iba a estar en el área pronto. José esperaba que su ex mánager, Francisco, no estuviese viajando con ellos. Francisco ahora tenía a cargo varios jugadores y le estaba yendo muy bien. Esto no era sorpresa alguna para José.

Él puso tomatillos verdes picados en la licuadora y la hizo zumbar, su pecho estaba lleno de la antigua esperanza de verse cara a cara con ese mismo equipo. Conociendo a Manny, él de algún modo los iba a traer al restaurante porque era «bueno para el negocio».

José tiró algunos vegetales marchitos en el fregadero y luego encendió el triturador de basura. El agua hizo un remolino y juntó los vegetales, hojas, y tallos. Él se quedó perplejo, inmune al partido en la radio y el chillido de la licuadora, mientras el sudor aguijoneaba su frente. Lo que parecía una mariposa verde de papel, se arremolinó y se fue por el drenaje.

Ese día. Ese día. Su mano ardía de la quemadura que se hizo anteriormente, pero en lugar de vendarla como generalmente lo hacía, cubriendo la piel ardiente y de ampollas, él agarró el borde del fregadero, convirtiéndose no tanto ajeno al dolor sino envuelto dentro de lo exquisito de la sensación. Le indicaba que todavía estaba vivo.

Manny entró a la cocina y vio a su hermano en el fregadero. Habían pasado dos años desde que José había salido de la cárcel. En todo ese tiempo él había progresado más de lo que Manny se hubiera imaginado. Por seis meses José se había quedado en un apartamento que sus padres le habían preparado, leyendo libros, comiendo los platos más sencillos. Permanecieron pocos de sus amigos de la época futbolística, y los que lo visitaban generalmente se quedaban en la puerta del apartamento, tocando y tocando y tocando.

Se rendían después de varios minutos y después de un tiempo, se rendían del todo, diciéndole a Manny que lo habían intentado.

Manny y sus padres hablaban de ello, sus palabras volaban de un lado al otro en la mesa de la cocina un domingo por la mañana en enero. «Él ya no puede vivir así, mamá», dijo Manny. «Tienes que hacer algo».

Su madre asintió la cabeza, su cabello negro con raya al medio y recogido en forma de moño, reflejaba la luz de encima. Luces azules recorrían las hebras. «Me causa dolor. Está como muerto».

«No se puede perdonar a sí mismo» dijo su padre, sus ojos marrones se achicaban en las esquinas, su bigote hacía lo mismo.

Había tanta tristeza.

La mamá agarró el antebrazo de Manny esa mañana. «Contrátalo para que trabaje en El Callejón».

«¿Qué? No mamá. Aún estoy tratando de levantar este restaur—»

«Por favor, Manny. Has estado en el negocio durante seis años. Manny. Por favor».

Manny volteó hacia su padre, quien encogió sus hombros. No había ayuda de su parte.

«¡Tú sabes que él puede cocinar!» dijo ella. «Él es incluso mejor que tú».

«Ahora, ahora—»

Ella tomó la mano de él y la besó. «Por favor, hijo mío. Sólo por un tiempo y después, si no funciona, le podemos encontrar otra cosa. Él puede regresar aquí y quedarse con nosotros hasta que sane».

«Quizás nunca se sane» dijo papá.

«¡No! No digas eso». Los ojos de mamá brillaban como gotas de aceite en una calle lluviosa. «Él sanará».

Y ahora, en la cocina, Manny se inclinó hacia su hermano. José aún se distraía con demasiada frecuencia. Y las quemaduras. Su familia no había descubierto lo que José se estaba haciendo a sí mismo. Pero Manny lo sabía. Pero se lo guardó consigo. Obviamente satisfacía una necesidad que tenía su hermano o de lo contrario no se aparecería de vez en cuando con su mano vendada. No parecía afectar su trabajo, y él no decía nada al respecto.

—Estás listo, ¿verdad?— le preguntó a José.

José asintió y miró abajo hacia el fregadero. Estaba reteniendo las lágrimas. Manny podía leer el rostro de su hermano como si fuera su reloj, y le estaba indicando que era hora de quitar el seguro a las puertas de la entrada.

José recobró la vida. —¡Vámonos! ¡Marco! ¡Ándale, ándale, jefe!

Él iba a llamar a mamá y papá después para avisarles que José podría estar recayendo. Pero en ese momento tenía que dirigir un restaurante, y se iba a asegurar de que marchara como *Secretariat* en una carrera de campeonato. Primero, la cena familiar. Le gustaba considerar a su personal como si fuese su familia. Pero se preguntaba qué papel era el que desempeñaba. ¿El de un tío cascarrabias?

Varios minutos después el personal se reunió a lo largo de la mesa larga colocada en medio del restaurante como si fuese un corredor. Ellos comenzaron a pasarse tazas de arroz y frijoles, y de chiles rellenos.

Manny estaba a la cabecera de la mesa con una lista de especiales en sus manos. —Camarones y piernas de cangrejo sobre arroz mexicano negro y dulce. Zapallo con aceite de papaya y limón—. La cuchillería comenzó a tintinear contra la porcelana blanca. —Hay tres cajas de camarones en la despensa, muchachos, así que a moverse, a moverse, ¡a moverse!— Tronó sus dedos. —Al concluir el día, este artículo debe estar marcado 86 en mi cocina. El último especial es ostiones. Creo que todos ustedes lo han servido antes, así que no voy a decir nada al respecto.

José entró a la sala, sosteniendo la codorniz y ahora con la mano vendada. Qué bien. De seguro que el Departamento de Salud no lo apreciaría si llegasen y vieran al chef con una mano así. Esto es, por supuesto, si pasan por alto la barba.

Es hora de compartir las buenas nuevas.

—Tengo un regalo especial, Pepito. Este viernes, la selección nacional de fútbol de México, junto con el entrenador, estarán aquí para la Copa de Oro. Van a jugar contra Estados Unidos en Nueva Jersey la próxima semana. Los voy a poner en la sección de Kevin.

Manny miró a cada persona mientras degustaban las costosas codornices. Suspiró. Bueno, no había nada que hacer.

—Además no habrán autógrafos. Si quieren uno, me lo pueden pedir, y yo personalmente se los pediré.

¿Y dónde estaba Nina, ah?

Él se inclinó. —Consigue un sándwich para Nina, y Pieter, saca las cosas de su armario.

Pieter vaciló. —¿Crees que...—

—No me cuestiones. Sólo hazlo.

Pepito alargó la mano para alcanzar el arroz. —Me muero de hambre.

Amelia sonrió. —Siempre te estás muriendo de hambre.

—Me muero de hambre cuando El Callao cocina. Tienes razón.

Henry, el nuevo cantinero alargó la mano para agarrar la jarra de agua. —¿El Callao? ¿Por qué le llaman así?

—Porque es tan callado. Es más fácil sacarle una muela que una palabra—, dijo Carlos.

Amelia dio palmaditas a la mano de José. Manny notó la ternura en sus ojos. ¡Ella nunca lo miraba a él de esa forma! —Él me habla todo el tiempo.

Nina se acercó a la puerta del restaurante de Manny. Una hora de retraso; ella pensó en toda clase de excusas. La cañería principal de su apartamento se rompió y lo inundó. Una balacera camino al paradero del tren subterráneo. Una llamada de emergencia de su casa.

Ah, sí. Su madre no la llamaría aún si su vida dependiera de ello. Nina pensó en la última conversación que tuvieron hace cinco años. La mamá habló de la última temporada de su comedia favorita y de que sería lindo si todos tuvieran buenos amigos como ese grupo tonto, cómo ella necesitaba un nuevo techo pero no se atrevía a conseguir cotizaciones, y hasta de las visitas del gato callejero, la bolita de pelo más dulce que alguien se pudiese imaginar. Después que ella le había preguntado a Nina cómo estaba, le interrumpió la respuesta. «Ah, ¿y viste el nuevo programa policial en ese canal por cable?»

Nina había colgado el teléfono y se había dado cuenta que, en los dieciocho meses desde que se había ido a la ciudad para bailar profesionalmente, su madre no la había llamado ni una sola vez. Así que Nina se preparó una taza de té y se preguntó si debía torturarse tratando de mantener una relación que le exigía poner el 100 por ciento del esfuerzo, lo cual en primer lugar no era su responsabilidad principal.

De modo que Nina experimentó. Esperó un mes. No recibió llamadas de su madre. Luego Nina llamó. La conversación pudo haber sido la misma si no hubiese sido por la diferencia de programas y un informe reciente sobre el gato y el techo goteante.

La próxima vez esperó dos meses.

Luego cuatro, después un año. Y ahora tenía que admitir que incluso una madre que ve mucha TV, que se demora en arreglar el techo sería mejor que nada. Quizás la noticia de que Nina estaba embarazada la sacaría del mundo de la TV.

Sin duda la madre diría algo acerca de un nieto.

Nina jaló la manija de la puerta. Sacudió su brazo. Estaba cerrada. Muy bien, la otra puerta. El restaurante aún no estaba abierto oficialmente. Ella dio unos pasos, jaló la otra puerta. También estaba cerrada.

Nina protegió su vista y miró detenidamente por la ventana delantera del restaurante. Golpeó el vidrio enchapado, y se inclinó hacia delante lo más que pudo. Y allí estaban sentados en la mesa teniendo una cena familiar, todo el personal, mirándola; los tenedores o los vasos de agua quedaron suspendidos. Pieter se puso de pie y luego quedó paralizado mientras Manny volteó y se dirigió a la entrada.

Ella corrió hacia él mientras le quitaba el seguro a la puerta y salía a la vereda.

—Manny, lo siento.

Él la silenció levantando su mano. —No quiero escuchar nada.

—Mira, tuve cosas…—

—¿Cosas?— Las fosas nasales estaban hirviendo, él señaló al personal que se había reunido a cenar. —¿Ves a Amelia? Tres hijos, Nina. Ella viene aquí desde Bronx todos los días. ¿Quieres saber cuántos días ha llegado tarde en los últimos ocho años?— Él unió el dedo pulgar y el índice para formar un cero. —Cero, Nina. Cero.

—Lo sé. Sé lo duro que debe ser eso.

—¿Sabes? ¿Sabes? ¿Sabes?

Parecía que estaba listo para morderla. Esto era peor de lo que se imaginaba. Cuatro años había trabajado para él, y no le caía bien al igual que la primera semana cuando la recriminó por no llenar los vasos de agua de los clientes con suficiente rapidez. Y uno pensaría que no había aprendido nada durante todo ese tiempo por la manera que la acosaba, quisquilloso, siempre encontrándole defectos.

—Manny, no quise…—

—Muy bien, entonces *sabes* lo fácil que te sería encontrar otro trabajo.

Él se enderezó, miró a su alrededor, y se fue en dirección a la puerta. Pieter estaba allí. Le susurró algo.

José salió.

El pánico reducía el orgullo de Nina. ¡No el día de hoy! Ella necesitaba el dinero. —¡Manny, por favor! ¡Dame otra oportunidad! Te prometo que lo arreglaré todo—. Era viernes y esta noche habrían buenas propinas, quizás lo suficiente para la cita de miércoles. —¿Cómo puedes ser tan…

No. Déjalo ya, Nina. Pareces una niña de primaria.

Manny se detuvo, volteó, y caminó hacia ella, cada paso enfatizaba su diatriba. —Tan… ¿tan qué? ¿Injusto? Sería injusto, de hecho, si *no* te despido. Sería injusto para tus compañeros de trabajo dejarlos que continúen haciendo *tu trabajo*—. Se detuvo, la señaló con el dedo en su cara. —Este es el segundo día seguido, Nina. Sin contar las veces en que la gente hizo la vista gorda o cubrió por ti.

—¿De qué estás hablando?

—Llamaste para decir que estabas enferma dos días la semana pasada, luego te apareces a trabajar con una resaca.

¿Resaca? ¿Qué rayos dices? —No. No tenía una resaca.

—Esto ya es demasiado.

—Manny, *no* tenía una resaca. ¡Estaba enferma!

José rara vez se entrometía en los negocios de Manny, pero Nina había sido una de las meseras más confiables. Si no podía ver que algo le estaba sucediendo a Nina, entonces no estaba mirando suficientemente de cerca.

Manny dio vueltas, su mirada dura. —¿Estás viendo cómo vive la otra gente, José? ¡No te metas! José no quería meterse en problemas. Solamente no quería que esto creciera. Si Manny iba a despedir a Nina, muy bien. Pero esta amonestación mientras que el personal miraba era demasiado. Simplemente demasiado. Aun para Manny.

Manny empujó a su hermano y regresó al restaurante.

Pieter salió disparado por la puerta, sus brazos estaban llenos de las pertenencias de Nina: un par de zapatillas, una camiseta, un estuche de maquillaje, un libro de pasta blanda, un oso de peluche. A José le agradaba Pieter aun menos de lo que Manny agradaba a Nina. Era un chupamedias.

Nina tomó la caja. «Ah, gracias. Gracias, Pieter. Qué lindo». Ella volteó y se dirigió a la vereda hacia la estación del subterráneo. La habían despedido.

José empujó a Pieter y fue corriendo tras ella. Al final de la cuadra, ella metió sus cosas debajo del brazo, sin darse cuenta que el osito de peluche se había caído al suelo.

José vaciló. ¿Debía hacerlo? Esto no estaba precisamente en algún manual. El oso casi fue aplastado por una mujer en zapatillas. Eso fue suficiente.

Él se apresuró. Siempre le había gustado Nina, de vez en cuando se quedaba con ella afuera en la parte de atrás cuando ella tomaba descansos cortos para fumar y él necesitaba tomar un descanso también. Ella no hablaba más que acerca del último libro que había estado leyendo o la película que había alquilado, pero a él le gustaba el sonido de su voz y que sabía poco acerca de él aparte del hecho de que era el hermano del propietario y que el resto del personal le había puesto de sobrenombre «El Callao». Nina no era una chismosa. A él le gustaba eso también. Ella sonreía mucho, pero él podía reconocer a un alma solitaria. José veía gente como él y Nina en la calle todo el tiempo, el dolor los cosía con su hilo escarlata, brazo a brazo, cadera a cadera.

Él vaciló, recogió el oso, y corrió hacia delante. «¡Nina!»

«¡Nina!»

Nina pensó que la estaban siguiendo. Ella se dio la vuelta, la gente zigzagueando apurada para pasar el torniquete y bajar a donde pasaba el tren.

Oh, sólo era José. Qué bueno.

José se detuvo, tenía al oso en su mano. Ella no se había dado cuenta que se le había caído. Si hubiera llegado a casa y ese oso no estaba, bueno, eso hubiera sido el signo de exclamación final y estruendoso del peor día de su vida desde que falleció su padre.

¡Y Pieter! Ella nunca creyó que él fuera un dechado de valor e integridad, pero aquello había sido ridículo. Sí, ellos guardaron en secreto lo sucedido para que no se enterase el personal, ni Nina ni Pieter querían que nadie sacara la conclusión equivocada. ¿Pero no pudo él por lo menos rehusarse a sacar sus cosas? ¿Aunque sea por principio? Ella no quedó embarazada sin la participación de nadie.

Los ojos azules oscuros de José se llenaron de ternura al entregarle el oso.

—Perdió el conocimiento, pero creo que sobrevivirá.

Ella nunca le había oído decir tantas palabras juntas a la vez.

Ay, este osito. John Bubbles. Le puso el nombre de su bailarín favorito de zapateo americano cuando se lo dieron en el día que cumplió doce años. Habían pasado tantas pruebas juntos.

—Gracias—. Ella sonrió y sostuvo al oso, sacudiéndolo un poquito. —Supongo que te veré por ahí.

Ella comenzó a caminar hacia el torniquete.

—Oye, ¿por qué llegaste tarde? Tú conoces a mi hermano.

Nina se detuvo. —Ey, ni lo dudes. Conozco a tu hermano. Es un tarado.

Una mujer vestida de traje para la oficina se le adelantó. —Disculpe. ¿Va a entrar?

Los nervios de Nina se habían estirado tanto que quería gritar, pero se hizo a un lado. —Siga nomás. Lo siento.

—Gracias.

—Él no tenía que humillarme delante de todos, José. ¡Trabajé para él durante cuatro años!

Ella aprovechó una pausa en el flujo de gente, pasó su tarjeta por el lector electrónico, y empujó para abrirse camino. José era bueno y ella sabía que sus intenciones eran buenas también, pero en realidad eso de que «reglas son reglas» no hacía que lo que hizo Manny fuera menos difícil. Por lo menos Manny no usó con ella la expresión «esta no es la manera de conducir un restaurante» que siempre usaba. Ella odiaba eso. Ella miró a José, el hombre de sufrimientos secretos, su bondad acompañaba el dolor en sus ojos. ¿Cómo es que dos hermanos podían ser tan diferentes? —Dile que no tenía una resaca, ¡realmente estaba enferma!

Se dirigía hacia el tren, pero vaciló. José merecía algo mejor que eso. Y Manny debería saber lo que realmente había hecho allá. Ella volteó, agarró el tubo del torniquete que la separaba del desaliñado José. —Estoy embarazada.

Su rostro se congeló.

Ella soltó una carcajada. —Sí. Esta es una de las primeras mañanas en que no he vomitado.

José miró abajo. El Callao.

Ella esperó y cuando no salieron palabras, se despidió —Muy bien, ya tuve suficiente hoy día—. Ella volvió a sostener a Bubbles. —Gracias. Será mejor que regreses a donde está tu jefe.

¿Por qué se estaba desfogando con él?

Sólo anda a casa, Nina. Prepara una taza de té, pon un DVD de Fred Astaire, y trata de sobrellevar las cosas hasta miércoles.

José sabía que no podía dejarla ir. Algo dentro de él pinchó su cerebro y él gritó: «¡Espera! ¡Espera, Nina!»

Ella volteó.

—¿Y ahora qué?—, preguntó.

Sus labios se entristecieron. —Supongo que tengo que averiguarlo, ¿verdad?

—¿Quisieras hablar de ello?

Ella pausó como si estuviera considerando ponerse el mundo sobre sus hombros o no. Ella le pasó su tarjeta entre las barras. —Ellos no necesitan una mesera, ¿por qué van a necesitar un cocinero?

Qué bien. Qué bien, qué bien, que bien. Él no tenía la menor idea a dónde se dirigía ella, pero tenía todo el día para estar ausente del restaurante. Por lo menos hasta que terminara la hora del almuerzo. Si iba a hacer enojar a Manny, mejor hacerlo sin reservas. El resultado sería el mismo de cualquier modo.

José tomó la tarjeta, la pasó por la máquina, y la acompañó.

La preparación de la comida estaba lista. Todo lo que Manny tenía que hacer era encontrar a alguien que se encargara de la línea. Sencillo.

Manny determinó que sólo necesitaba tranquilizarse. Se reclinó en su sillón de cuero y se frotó la sien con el pulgar y el dedo medio de su mano izquierda. Mirando fijamente al uniforme de jinete comenzó a calcular cuántos años pasarían antes de poder contratar a alguien que administrara este lugar mientras se dedicaba a las carreras de caballo a tiempo completo. No lo suficientemente rápido, por lo visto, a juzgar por el gran dolor en su cerebro.

La sombra de Pieter cruzó su escritorio, su rostro lleno de pánico.
—Se fue José.

—¿Qué quieres decir con se fue?— Él saltó de su escritorio, salió disparado por las escaleras y llegó a la vereda. No había nada excepto los trabajadores de construcción arruinando la mañana con el chillido de su equipo. A pesar de eso, la 5ª Avenida nunca se había visto tan desierta.

—¿Quién se va a encargar de la línea?—, preguntó Pieter.

—José se va a encargar de la línea.

Eso era todo. Él iba a regresar. José no vivía la vida, no tenía a dónde ir, realmente no hacía nada con su vida. Se había encerrado por dentro. Él iba a regresar. Además, tenía que hacerlo. Porque en resumidas cuentas, José sabía cómo encargarse de esa línea mejor que cualquiera en El Callejón. No cabía duda de ello.

—¿Qué pasa contigo? ¿Estás enfermo? —preguntó Manny.

Pieter meneó la cabeza. —No.

—Porque yo te necesito. No puedes esfumarte como Nina. ¿Y qué le pasa a esa chica, después de todo? ¿Sabes?

Pieter meneó su cabeza otra vez y se dirigió a la puerta.

—Todo el mundo se está volviendo loco en mi presencia hoy día—, murmuró él, mientras alcanzaba un rollo de antiácidos del bolsillo de su chaqueta.

Nueve

Nina y José se sentaron en el tren subterráneo, las enfermizas luces fluorescentes ponían la piel de todos más amarilla de lo normal. Amarillo suave. Ocre amarillo. Dorado. El vagón estaba lleno, algunas personas desafortunadas se aferraban a las barras de encima. Nina fijó la mirada en un hombre de raza oscura con moñitos y muchos adornos, una gran cruz de oro colgaba de una cadena gruesa alrededor de su cuello. Sus pómulos salidos y sus lentes oscuros reflejaban las luces. Ella sospechaba que él podría estar durmiendo detrás de esos lentes. Qué suertudo. Porque aquí estaba sentada con José, quien estaba tratando de ofrecer su apoyo pero parecía no poder decir una sola palabra. Toda conversación que Nina había tenido con José había sido superficial. Amigable, sí, cariñosa, un poco, pero nunca algo de importancia interior para ninguno de ellos. ¿Cómo es posible? Ella básicamente hablaba y le hacía preguntas que se podían contestar con un sí o un no.

¿Por qué estás aquí? Le quería preguntar. Quería voltear a él y decirle que no sabía qué lo estaba impulsando a tener una repentina necesidad de hacerse mi amigo, pero... ¿pero qué iba a decir después de eso? ¿Me da mucho gusto que estés aquí? ¿Me siento sola y no tengo a quién realmente acudir? ¿Oye, detrás de esa gran barba eres muy guapo? ¿Y ya que estamos hablando, por qué esa barba en primer lugar?

Ella parpadeó, menospreciándose por estar metida en esta situación. Y ahí estaba sentada una mujer embarazada a tres asientos de distancia que se estaba frotando la barriga salida. Justo lo que necesitaba ver. Una niñita, probablemente de cuatro años con una docena de colitas de caballo y grandes aretes de oro en sus orejas, estaba mirándola fijamente, sus inmensos ojos marrones quedaban muy bien con su perfecta piel marrón, como botones encima de una almohada. Ella levantó sus labios angelicales y le dio una media sonrisa.

Nina miró hacia otro lado.

Nada de eso. Los bebés se convertían en lindas personas chiquitas. Y los bebés, bueno, ella no quería pensar en bebés en estos momentos.

Cuatro adolescentes sacaron baldes de cinco galones, un salero, y algunas latas. —¡Disculpen, damas y caballeros!—, dijo quien parecía ser el más joven del grupo, su pelo hecho trenzas a lo largo del cuero cabelludo, su sonrisa, a pesar de tener demasiados dientes de oro, era como de un artista innato. —Somos los Tamboristas, y nos gustaría entretenerlos. Después de nuestra presentación, aceptaremos con gusto sus donaciones.

Comenzó el ritmo, el ruido sordo de los baldes y el repiqueteo metálico retumbante de las latas, el chirrido de los saleros —iban y venían, iban y venían.

Ay, caramba, pensó Nina. Una cosa era cuando los intérpretes hacían lo suyo en los paraderos. Uno podía darles la espalda. Uno podía irse. Uno podía encender su reproductor MP3. Pero ahora estaban atrapados, a merced de todo este ruido.

El adolescente se movió y aplaudió con el percusionista, su gran sonrisa invitaba a la gente a que lo acompañaran en disfrutar asombrosas proezas de ritmo —o algo. Un par de turistas aplaudieron. Los demás, hastiados nueva yorkinos como Nina, se sumieron a leer sus revistas y periódicos. Ellos no habían pedido esto.

Nina sostuvo a Bubbles, apretando al osito cada vez más con el aumento de intensidad del tamboreo. Ella miró sus manos, tratando de pensar en otra cosa, tratando de no sentirse tan incómoda junto a José, quien para ser sincero, parecía que *él* no estuviese sentado en el tren, como si hubiera contratado a alguien para que se sentara allí y dejara que las cosas cotidianas de este mundo no le afecten.

—¡Dámelo! ¡Dámelo!

¿Y ahora qué?

Ella le torció el brazo a Bubbles.

Dos asientos atrás y al otro lado una mujer estaba sentada con su nieto, quien estaba parado con sus pies firmemente separados, gritando y jalando la espada de plástico que ella sostenía del mango.

—¡Dámelo!

Mocoso engreído.

—No cariño. Es demasiado peligroso en el tren. Podrías lastimar a alguien.

Los Tamboristas, intentando cubrir el ruido del niño, subieron el volumen aun más.

—¡Dámelo! ¡Dámelo!

Fue un tire, jale y grite.

—¡No!—, la abuela, sin dejarse ganar, le dio un grito.

Las manos de los bateristas se movían cada vez más rápido, los *ruidos* y *reventones* tronaban en la cabeza de Nina.

Ella retorció a Bubbles en sus manos. Más y más fuerte.

Esto estaba resultando ser el viaje más largo que ella había tenido. Y aunque sabía que los bateristas sólo estaban tratando de ganarse un par de dólares, ella hubiera apreciado un poquito de silencio a estas alturas.

Oh, sí. El niñito todavía estaba gritando, sus alaridos agudos y prominentes labios hacían ver lo maravilloso que podía ser criar hijos. ¿Verdad?

¿Verdad?

Los frenos chillaban mientras el tren llegaba a la estación.

¿Qué iba a hacer con José? ¿Invitarlo al apartamento? ¿Qué se iban a decir el uno al otro? Ella se sentía que había agotado todas sus ideas buenas.

Supongo que estoy un poquito preocupada.

Ella sabía que él tenía un secreto. Pero Manny no decía ni pío y si alguien del personal sabía lo que había arrastrado a José al mundo de los heridos en vida, no lo estaba diciendo. No es que no especulasen: un amor no correspondido, un crimen por el cual esperaba que pase la ley de prescripción, algunos incluso creían que podía ser cosa de drogas. Nina no. Él no estaba tan ido. *Torturado* y *loco* eran dos cosas muy distintas.

Cada vez que llegaba una nueva mesera, ésta terminaba chiflada por él por una semana más o menos hasta darse cuenta de que no había esperanza de iniciar algo con él. Hasta Nina había sentido un pequeño y agradable revoloteo en el estómago cuando Manny lo trajo por primera vez, pero, bueno, él cargaba con mucho por dentro, obviamente, y ella definitivamente no necesitaba más de eso, no importa lo guapo que fuese.

La niñita, con ojos bien abiertos, señaló al oso y dijo: —Mira.

El brazo de Bubbles estaba casi completamente salido de su cuerpo.

Nina miró a la niña, forzó sus ojos para que no salieran las lágrimas, y metió al osito en su mochila. —Disculpa—, susurró ella y se puso de pie.

José la siguió mientras salía del tren.

Manny se había quitado la chaqueta media hora antes. El sudor corría por su rostro. Se remangó la camisa y secó la transpiración con su antebrazo. Esto no estaba bien. No en lo absoluto.

Este no era un buen día.

Él puso un poco de salsa encima del plato de pescado que estaba preparando. —Todo tiene que ver con la presentación—, le dijo a Pepito. —No lo necesitamos. No lo necesitamos—. Si lo dijera con suficiente confianza, quizás se lo creyeran. Quizás él mismo se lo creyera.

¡José, José, José!

Pieter, se apresuró como todos los demás, y entró apurado a la cocina, sacó un cuchillo, y comenzó a picar chiles verdes. —Quizás tu mamá y papá sepan dónde encontrarlo.

Manny miraba de costado a su gerente del comedor. La verdad era que Pieter, a quien nunca le cayó bien José, siempre estaba tratando de socavar la popularidad que tenía José con el personal de la cocina y nunca logró nada. Él tenía un primo en Buffalo que se moría por mudarse a Nueva York, y Pieter quería que Manny lo contratase como chef. Así que Pieter siempre mostraba a José de manera negativa delante de Manny, pero éste lo podía detectar. Él no despedía a Pieter porque él sabía dónde encontrar los ingredientes más frescos y tenía suficientes contactos para negociar los mejores precios en el tiempo más corto. No sólo eso —Pieter era una persona fácil de mangonear. Que siga intentando sus maniobras; Manny iba a retener a José porque era de la familia y de algún modo arreglarían las cosas.

Él le dio a Marco la cuchara. —Ponte a cargo de esto. Yo tengo que hacer una llamada.

Marco aceptó. —Por supuesto.

Así que Manny llamó y se quejó con su mamá, la enojó, trató de no parecer que quisiera hacerla sentir culpable por pedirle que contrate a José en primer lugar, lo cual era exactamente lo que estaba haciendo. Y allí estaba ella en su casa acogedora cerca de la playa preocupándose.

La verdad era que él al final la hubiera llamado, pero ahora tenía a Pieter para echarle la culpa. Pues qué bueno. Él le pagaba a Pieter muy bien como para que se lo aguante.

La línea estaba deshaciéndose rápidamente, los arreglos de comida se estaban cayendo encima de donde se habían sentado cerca de la ventana, las salsas desparramándose del plato principal a lo que iba de acompañamiento. Los frijoles se habían quemado en una de las primeras ollas que Manny había comprado para el restaurante.

Sí, él tenía un lado sentimental.

Él podía ver la ceja levantada de José. ¿Sentimental? ¿O tacaño?

Él quería demostrar al personal y a José que él se podía encargar de la línea tan bien como cualquiera. Pero finalmente, ya le había llegado al colmo.

Levantó el deslumbrante teléfono rojo que estaba en la pared, aquel de botones del tamaño de bolsas de té, y marcó el número del teléfono celular de su hermano. Comenzó a sonar. Manny levantó la mano en ese momento. —¡Shh!

Él inclinó su cabeza hacia la izquierda, escuchando. El timbre del teléfono... ¿provenía del lugar donde estaban?

Ahí estaba el teléfono celular de José, cerca del lugar de siempre.

Manny lo agarró, vio su propio número en la pantalla, y luego lo tiró al mostrador.

Diez

Nina sacó un billete de a diez y se lo dio a una aliviada Carla.
—Muchas gracias.

—No hay problema—. Carla miró sospechosamente a José.
Nina quería reírse. Si este bebé fuera de José, ella no estaría en este aprie-
to. José se encargaría de sus responsabilidades haciendo algo más que
sugerir «ir a medias», con toda seguridad.

El paquete de la prueba del embarazo, cancelado. Muy bien.

Ella se volvió a José. —¿Quieres ir al parque?— Eso era mucho mejor
que su apartamento.

—Está bien.

Salieron a la luz del sol, caminaron con más silencio aún hacia la banca del parque. Se sentaron mientras un grupo de niñeras de Haití, con sus bebés en los cochecitos, cruzaban la vereda delante de ellos. Esto desconcertó a Nina. —Creí que el propósito de tener hijos era criarlos. Tú sabes que los padres ganan suficiente dinero como para mantener tres familias. Ellos deberían de sacar a pasear a sus propios bebés.

Ya era bastante malo que su padre nunca estuviera presente porque había muerto. *Imagínate*, pensó ella, *nunca tener a tus padres presentes ¿y que no estuvieran muertos?* Sí, eso haría que un niño se sienta realmente especial. Toda la ropa bonita, las buenas escuelas, y los mensajes positivos en los programas televisivos del gobierno no podrían contrarrestar todo eso. Bueno, su hijo, cuando tuviese uno algún día, no tendría que preocuparse de no verla nunca. Ella no sería esa clase de madre.

Tú ya eres una mamá.

Ay, cállate, pensó ella.

José se puso de pie y metió la mano en el bolsillo delantero de sus pantalones vaquero. Rebuscó… nada. Comenzó a dar palmaditas a todos sus bolsillos. —Tengo que llamar a mi hermano.

—¿No tienes tu celular?

—Seguro que lo dejé en la cocina.

Ella agarró su mochila y sacó el suyo. Señaló con su pulgar hacia una bodega cercana. —Aquí tienes. Voy a comprar una bebida gaseosa.

Manny levantó la cabeza súbitamente cuando comenzó a sonar el teléfono rojo en la pared de la cocina. Él bajó el cuchillo, la hoja descansaba en un montón de cebollas rojas partidas. Sus ojos protestaban y él parpadeaba para secar sus lágrimas. —¡Pepito! Pica estas cebollas.

—Por supuesto, jefe. No se le veía muy contento.

Él se limpió las manos con su mandil, levantó el auricular, despejó su garganta, tratando lo más que pudo para que se le escuche calmado y profesional. «El Callejón, ¿en qué lo puedo servir?»

—¿Manny?

—¿José? ¿Dónde estás?

—Estoy con Nina.

Tal como se lo había imaginado. —¿Quién rayos es Nina? Yo soy tu hermano. Yo despido a la gente todo el tiempo, José, y tú no te vas corriendo tras ellos.

—Lo sé, hombre, lo sé.

Los meseros pasaban ajetreados alrededor de él. Los servidores agarraban los platos y aun así no lo hacían con la suficiente rapidez. Algunos regresaban comidas que se habían enfriado. Qué bueno que su ego no estaba amarrado a su cocina. Sin embargo, su restaurante estaba sufriendo. Y eso significaba para él mucho más que cualquier cosa.

Qué lástima. ¿Y él creía que José no sabía vivir la vida?

La idea lo enojaba. —¿Cuándo vas a regresar?

—Necesito ayudar a Nina en estos momentos.

—¿Necesitas hacer qué? Tú necesitas estar aquí. En esta cocina. Cocinando. Haciendo *tu* trabajo. Regresa ahora mismo.

—No puedo. No puedo.

—¿Qué, qué quieres decir con «no puedo»?

—Algunas cosas son más importantes que cocinar, Manny.

Manny agarró el teléfono, saliendo rápidamente de la pared para sacar un cordón que se había enredado con uno de los platos en la bandeja que Margarita estaba levantando para llevarla al comedor. —¡Escúchame, idiota! Si no estás aquí en los próximos diez minutos, será mejor que vayas a la oficina de desempleos.

Miró abajo a su mano y se desquitó la frustración. Había jalado el cordón del teléfono y lo había sacado de la pared. Qué lindo. Precioso.

Margarita se fue apurada mientras que Manny encestaba el auricular en el tacho de basura.

José se sentó al frente de la tienda, esperando que Nina saliera. Esta era la primera vez que se había aventurado en años ¿y ahora esto? ¿Por Nina? Una mujer que apenas conocía.

La cosa es que Manny sí lo despediría. Y todo en nombre de lo mejor para José. Podía imaginarse la conversación

—José, detesto hacer esto, pero soy tu hermano y quiero lo mejor para ti. Sacrificar mi negocio no sería bueno para ninguno de los dos.

Un hombre salió de la bodega de un portazo, maldiciendo, unos cuantos billetes estrujados en su gran puño cuyo antebrazo estaba cubierto por el tatuaje de un dragón. José encogió los hombros. Gente enojada. Nueva York. Nada nuevo.

Miró a las mismas calles agobiadas y curvas destrozadas y se dio cuenta que estaba listo para un cambio en su vida. De eso él estaba seguro.

Todos los días lo mismo. Manteniéndose a la distancia de todo lo que tuviera vida.

Él quitó las vendas de su mano, haciendo un gesto de dolor por la gasa pegada a las grietas de su palma herida. La piel estaba ardiendo, tenía ampollas, y el líquido se estaba filtrando.

Esto no es penitencia.

Él abrió bien los ojos, sus propios pensamientos lo sorprendían.

Eso era cierto. No era penitencia en lo absoluto sino que creaba una manera de engañarse a sí mismo para creer que era una persona tan horrible que podía esconderse del mundo y estar justificado.

Él volvió a vendarse.

Un empresario vestido de traje y que usaba calzado fino puso un billete de un dólar en un vaso vacío de papel que estaba cerca de los pies de José y entró a la tienda.

José lo sacó y se lo metió al bolsillo. Oh, bueno. Quizás hoy era su día de suerte.

Nina salió de la tienda y él se incorporó.

—Ay, eso fue una locura—, dijo ella.

—¿Qué sucedió?

—¿Viste a ese sujeto salir disparado?

José asintió. —Muy enojado.

—Tuvo un encontronazo con el cajero. Parecía que el empleado, quien era chino, estaba hablando español. Simplemente un momento típico de Nueva York—. Ella miró a su alrededor. —Detestaría tener que dejar este lugar.

Caminaron por un estacionamiento, una cerca alta de malla metálica acomodaba su camino hacia la derecha.

—¿Por qué tendrías que dejarlo?

—Se necesita dinero para vivir aquí, y como a esta hora se está sentando la familia Gallegos en mi sección. Ellos generalmente se gastan unos doscientos dólares.

—Te irá bien. No te preocupes. Quiero decir que hay muchos restaurantes en esta ciudad.

—No es eso. Es la búsqueda de empleo. Apesta, José. Las solicitudes, entrevistas. Voy a necesitar referencias. ¿Qué crees que Manny va a decir de mí?

—Ponme como referencia.

Nina suspiró y dio un sorbo a su bebida. —¿Quién sabe? Probablemente vas a estar por las calles buscando trabajo conmigo.

—Oye—, sonrió José. —Hoy es mi primera vez. Se requiere tres veces.— Él levantó tres dedos, imitando a Manny.

—Sí, pero tú eres el chef. Y te fuiste—. Ella volvió a poner la tapa a la botella.

Continuaron caminando por la calle, José estaba tratando de descubrir la manera de tocar el tema del embarazo de Nina. Él vino con ella para hablar al respecto y ahora están haciendo todo excepto eso. Su madre siempre sabía qué hacer para que se expresara cuando tenía problemas. —¿Tienes hambre?

—Un poco—, dijo Nina.

—Conozco un buen sitio.

Salieron de la estación del tren y regresaron a la calle. Nina no había paseado por la ciudad tanto en muchos años. Se había convertido en una criatura guiada por la costumbre. La casa, el trabajo, la casa, el trabajo. Nina agarró su uniforme. —¿Qué voy a hacer con este vestido? Probablemente venderlo en eBay.

José encogió sus hombros.

Continuaron por la calle Houston y Nina anhelaba tomarle la mano, no porque se estaba sintiendo romántica, sino porque José sabía su secreto y eso lo atraía a ella de algún modo. Pero ella se contuvo. Todos en el restaurante sabían que José nunca salía con mujeres. José era una especie de penitente extraño, decían ellos, pero sin los peregrinajes y vidrios en sus zapatos. Aunque quién sabe, quizás él sí tenía vidrios en sus zapatos. Él había estado usando el mismo par desde que ella empezó a trabajar. Zapatillas andrajosas. Una vez ella le preguntó por qué nunca se ponía zapatos nuevos, y él le dijo que los zapatos ya no le llamaban la atención.

Extraño.

No. No se tomaron de la mano. Y quizás ella estaba sintiéndose tan incapaz de enfrentar la situación que le hubiera tomado la mano a Marilyn Manson si él fuese el compañero del día.

Ella le dio una mirada furtiva José.

Bueno, no. Definitivamente no Marilyn Manson.

Un hombre estaba sentado en la vereda; piezas delicadas de origami descansaban en cajas y cajones: dragones y cisnes, corazones, mariposas y sapos. Sus ojos azules contrastaban con su piel trigueña, y una constelación de lunares cubría su rostro. Su camiseta gris estaba oscurecida por la suciedad y la mugre y por pasar demasiado tiempo sobre sus espaldas, pero había algo en él que le decía a Nina que él era un amigo.

Cuando hablaba, no la miraba a los ojos. Nina se dio cuenta que era ciego.

—¿Podría mostrarle una de mis creaciones, jovencita?— Él sostenía una complicada criatura doblada.—¿Qué tal este lindo sapo?

¿Cómo sabía que era mujer?

—Disculpe, no tengo dinero en efectivo conmigo.

¿Y cuánto valía algo así? Para Nina, bastante. El hombre, ya que era ciego, seguramente le añadió unos veinte dólares más o menos al precio, ¿no es verdad?

Él descansó sus manos sobre sus rodillas. —Muy bien—, asintió. —Hoy es un día hermoso, ¿verdad?

—Supongo...

—¡Descríbamelo!—, sonrió él, asintiendo casi con una expectativa de adolescente.

—¿Qué?

—Descríbamelo y esta obra de arte es suya—. Nuevamente le mostró al sapo.

José asintió mirándola, el rostro amplio y casi tan expectante como el del ciego.

—Muy bien. Este…— Ella miró sobre su hombro hacia un pequeño parque. —Hay unas flores amarillas retoñando en un…—

—¡Forsitia!—, asintió él.

En ese momento, Nina supo que este hombre no había nacido ciego.

—Sí. Y algunas moradas también…

—¡Jacinto!— Él inhaló: —Mmm.

Su rostro casi se parte en dos de la alegría de recordar esos colores. Colores de Semana Santa. Ella lo estaba alimentando, alimentando su alma, como dándole a un hombre un vaso de agua en el desierto.

—Realmente le gustan las flores, ¿verdad?

—Ah, sí.

Ella le sonrió a José.

—¿Qué está pasando al otro lado de la calle?—, preguntó el ciego.

Ella se inclinó hacia delante, las manos sobre sus rodillas. —Bueno, sólo es un día común y corriente en la ciudad de Nueva York. La gente pasa apresurada de un lado al otro. Todos tienen un lugar donde ir, tienen que estar en algún sitio. Nadie realmente se interesa por nada. Es como un reloj viviente inmenso. Nunca se detiene.

¿Y por qué estaba hablando tan fuerte? Ella se dio cuenta y se rió por dentro. ¡El hombre no era sordo!

Su sonrisa se volvió nostálgica. —Caramba, ojalá pudiera ver eso.

Ay, sí, claro que sí, pensó ella. *Ojalá yo también pudiera.*

Él le entregó el sapo. —Gracias.

Ella lo tomó con ternura, preguntándose cómo iba a evitar que algo tan frágil quedase aplastado. Bueno, ella le presentaría a Bubbles y quizás ellos la pasarían bien en su mochila.

—¿Y tú?— El ciego señaló a José. —Sé sincero. Te estoy vigilando.

Ellos se rieron.

—Gracias—, dijo Nina.

—Gracias—, dijo José también.

Mientras caminaban, Nina señaló el letrero descansando junto al ciego, las palabras estaban garabateadas con plumón rojo, una pequeña calcomanía de la bandera norteamericana estaba pegada al cartón:

Dios cerró mis ojos. Ahora puedo ver.

—¿Qué te parece eso?—, ella le preguntó a José cuando daban la vuelta a la esquina. —¿Dios le hizo eso a este hombre? ¿Crees que estaba siendo castigado por algo?

José se estremeció. —No creo que Dios haga eso—. Fin de la historia, a juzgar por el tono de su voz.

—No puedo enojarme con Dios por estar embarazada.

—No. Los bebés son como flores.

Nina rechazó esa manera de pensar; ella en realidad creía que se había metido a sí misma en este problema. Ella no estaba hablando de bebés.

Y todo a causa de Pieter. ¿En qué estaba pensando ella? Él ni siquiera pudo enfrentar a Manny y decirle la verdad cuando el trabajo de ella estaba en juego. La enfermaba pensar que se había acostado con él.

Ella señaló un bazar de la calle, la carpa tendida, mesas de cartas poniendo a la venta artículos coloridos: carteras, pañoletas, manteles, joyería, batik, faldas y camisetas desmanchadas, y sandalias coloridas. Y por supuesto, relojes. Qué bazar de la calle estaría completo sin relojes Rolex de mentira y bueno, cualquier otro reloj que fuese popular en estos días. —Vamos hacia los vendedores que están en la vereda. Me gustan esas cosas de hippys.

—Muy bien.

José la siguió a una carpa llena de faldas y blusas, vestidos y pañoletas. Nina sacó una pañoleta del perchero, era blanca con dibujos azul marino.

Ella se acercó al vendedor. —¿Tiene un espejo?

La señorita asiática sostuvo uno mientras Nina se ponía la pañoleta alrededor de la cabeza, su cola de caballo salía por atrás. —Gracias.

Ella volteó hacia José e hizo su mejor esfuerzo por imitar a Marlene Dietrich. —¿Cómo está?

Ella extendió su mano como para que se la besaran.

José simplemente silbaba.

Oh, bueno.

—Se ve bastante bien, ¿verdad?—, dijo él.

—Efectivamente—. Ella se encogió de hombros y se quitó la pañoleta.

—¿José?

Nina volteó y vio a una mujer casi tan alta como José, y tan blanca y hermosa como él era trigueño y guapo, que se abría paso entre la multitud de compradores. Su cabello rubio se rebotaba con su cabeza; tenía un corte perfecto. Ella parecía una modelo. Probablemente lo era. ¡Caramba! ¿No sabía ella que era el día de Nina de tener una crisis? ¿De que ella no necesitaba estar al lado de Srta. Perfecta y caer de cara por la comparación?

Un traje de nena, un trajecito de una pieza con dibujos de béisbol, en un colgador sostenido por sus dedos. Ella era talla cero ¿y *también* es mamá? La vida no era justa para que una mujer así apareciese en un día como hoy.

José se volvió inmediatamente al escuchar su nombre.

—¡Ay, Dios mío! ¡José! ¡Eres tú!

—Helen—. Él había pensado en verla, pero… no aquí. No ahora.

Ella se extendió para abrazarlo y el no tuvo más remedio que abrazarla también. Era tan incómodo. Ellos habían roto antes de la tragedia. Ella era rica, aficionada al fútbol, y viajaba por todo el mundo para ver a sus equipos favoritos. Ellos se conocieron una noche después de un partido, en un bar cerca del Wembley Stadium, y bueno, no quería pensar en ello en este momento. Ellos habían bebido demasiado.

—Mira tu apariencia—. Ella levantó un mechón justo encima de su oreja. —Apenas te reconocí con todo ese cabello. ¿Cómo has estado? No te he visto en tanto tiempo.

—Bien. Digo…

¿Cuánto sabía ella?

—Oh, lo siento. Me enteré de lo que te había sucedido, pero las historias eran tan confusas.

Él no podía hablar de esto ahora. Él volteó hacia Nina. —Te presento a Nina. Nina, te presento a Helen.

Helen sonrió. —Qué lindo vestido—. Ella identificó la ropa de Nina con una mirada de sus ojos azules. —Realmente te debe gustar México, ¿verdad?

José hizo una mueca. Helen podía comportarse como una engreída. Ella no lo hacía a propósito. Nunca tenía malas intenciones, pero sus palabras salían así. Comentarios como este habían hecho que José se diera cuenta de que, a pesar de su estatus como jugador profesional de fútbol, él tuvo un origen humilde.

Nina sonrió y José, por la manera en que el hombro de ella trataba de juntarse con su oreja, podía ver que ella estaba inquieta. —Es el uniforme de mi trabajo.

—Ah, ¿y dónde trabajas?

Él iba a parar esto por el bien de Nina. —Trabajamos para mi hermano.

Helen levantó las cejas. —¿Manny?

—Mmmm. Cocino en su restaurante.

Helen cruzó los brazos. —¿Qué pasó con tus planes, no ibas a firmar para jugar por el Club…

—Tú sabes. Los planes cambian.

Una vez más, no tenía idea. ¿Por qué Helen empezaría a creer que él iba a querer hablar de eso? Y delante de Nina. Ella no sabía que él y Nina no estaban saliendo juntos.

Un momento. Claro que sí.

Helen sabía que José no hubiera salido con una humilde mesera en los tiempos antiguos. La conquista de mujeres bellas, ejemplares hermosos de feminidad era todo lo que le interesaba a él en ese entonces.

Él se preguntaba de qué se podría estar perdiendo con tales parámetros.

—¿Entonces nunca volviste a jugar?

¡Helen! Entiende, por favor.

—No. Algo surgió. Bueno, nos tenemos que ir. Fue un gusto verte.

Él rápidamente pagó por la pañoleta con los billetes que tenía en su bolsillo. —Adiós, Helen.

Él tomó la mano de Nina y salieron de la carpa a prisa. Cuanto más rápido dejaba atrás a Helen, mejor, y desgraciadamente ella ahora sabía dónde encontrarlo.

José soltó su mano y le dio la pañoleta.

—¿Quién era ella?—, preguntó Nina, encendiendo un cigarrillo.

Él no quería explicarlo todo a Nina. Hizo a un lado el cabello que estaba tapándole los ojos. —Alguien que solía ver.

—¿Alguien que solías ver, hmm? ¿Crees que soy tan bonita como ella?

José la miró. ¿Por qué las mujeres tienen que hacer estos tipos de preguntas? No, Nina no era tan bonita como Helen. Pero su rostro era amable y sincero, y sus ojos oscuros destellaban cuando se enojaba. Cuando sonreía revelaba su dentadura bien alineada, y había cierta vulnerabilidad en Nina que endulzaba su rostro como el azúcar en polvo endulza las fresas frescas. Helen era un flan cremoso. Elaborado y caro pero no era bueno en un día caluroso de verano. Él sonrió a Nina.

Ella se quitó la pañoleta de la cabeza. —Por supuesto que no. Ella es más bonita. Conque alguien que solías ver. Vaya, tú estás lleno de sorpresas.

Once

Nina fue a un cajero automático, deslizó su tarjeta, y tecleó su contraseña. Sacó su celular y lo sacudió lateralmente hacia José. —Ni siquiera puedo alimentar bien a un teléfono. ¿Sabes que tuve que conseguir un garante para esta cosa?— Ella escogió el botón que entregaba veinte dólares inmediatamente. —Así de mal está mi crédito. Yo podría estar recibiendo una gran propina ahora mismo. Ya tengo que pagar el alquiler. Tengo que pagarlo y hacer rebotar mis últimos quinientos dólares—. *Ni qué se diga de la mitad de lo de la clínica.*

La máquina arrojó el dinero, Nina lo agarró y lo metió en la cartera. —Oye, disculpa que haya sido tan agria.

José la miró desconcertado. —¿Qué quiere decir agria?

Nina lo tomó del brazo. —Es cuando alguien no es tan agradable como debería serlo. Gracias por venir conmigo.

José sólo asintió y se quedó allí, en silencio como de costumbre.

Ella se puso la cartera en el hombro.—¿Entonces dónde vamos a comer?

José dijo: —Tomemos un taxi.

—¿Por qué no comemos por aquí?

—Paciencia, Nina. Tomemos un taxi.

¿Un taxi? ¿José? —Pero yo creí que no tomabas taxi.

Más chismes sobre José que circulaban por el restaurante. Supusieron que se debía a la frugalidad, determinando que él había heredado de Manny algo de eso.

—Eso fue ayer.

—Muy bien. Estoy cansada de cualquier modo.

Así que conversaron superficialidades mientras esperaban un taxi libre. Nina sacaba información de José quien, ella estaba segura, hubiera preferido permanecer en un silencio continuo. Ella trató de hacerle preguntas que requerían respuestas cortas.

La materia favorita de José en la escuela era matemática; la de Nina era historia. El color favorito de José era el azul; el de Nina era naranja. El helado favorito de José era el de fresa; el de Nina era el de galletas con crema. José no veía la televisión; a Nina le gustaba *La Isla de Gilligan*. José había querido ser doctor cuando era realmente bien pequeño; Nina quería ser bailarina. Ella no podía creer que lo había dicho.

—¿Una bailarina? ¿De veras, Nina? ¿Qué clase de bailarina?

Él la miró a los ojos con interés. Nina sintió como si alguien la estuviese viendo realmente por primera vez en varios años. —Una bailarina de Broadway. Zapateo, jazz, moderno. Tú sabes, espectáculos.

—El ballet no, ¿eh?

—No lo sé. Creo que para mí, gran parte del baile tiene que ver con la música. La clásica está bien y yo sé que hay ballet moderno, pero me gusta el ritmo, José. Me gusta cuando las notas se abren paso a tu corazón y tu vientre y no puedes evitar responder con tu cuerpo. Sabía que quería bailar desde que tuve uso de razón.

—¿Entonces cómo se puede hacer para que vuelvas a bailar?

Él se veía tan lleno de esperanza allí, con las manos metidas en su bolsillo. Nina podía ver algo diferente en los ojos de José. —Tú me vas a ayudar a decidir sobre el embarazo ¿y encaminar mi carrera? Caramba, tienes mucho por hacer, ¿no es verdad?

Un taxi se acercó al borde de la vereda. José abrió la puerta y la ayudó a entrar.

—Entonces—, ella se deslizó en el asiento de vinilo negro, —¿vamos a conocer a otra persona misteriosa que solías *ver*?

Él vaciló, luego se deslizó junto a ella. —Frannie es la administradora de la Hacienda Sancho Panza.— Él le dio la dirección al chofer y luego cerró la puerta con fuerza. —¿Has oído de ese lugar?

Nina meneó la cabeza diciendo que no. —Entonces, esta Frannie…

—Frannie fue una de las primeras personas que conocí cuando llegué a este país.

—¿Y no salió contigo?

—No.— Él hizo una mueca.

—¿Por qué no?

—Ella dijo que yo le gustaba demasiado como para arruinar nuestra amistad.

Nina se rió. Le iba a gustar Frannie.

—¿Crees que alguna vez sentará ella cabeza?

José asintió. —Sí, pero ahora está casada con su trabajo.

—Quizás llegue a conocer a alguien en el restaurante. La gente que ama las mismas cosas deberían terminar estando juntos.

José solamente sonrió. Aparentemente, había alcanzado el máximo número de palabras de esa hora.

Bueno, sobreviví, pensó él, saliendo del taxi. Había tratado de parecer calmado, pero a pesar de que el chofer, africano a juzgar por su atuendo y acento, dijo que tenía quince años manejando sin haber sufrido un accidente, José no pudo evitar agarrar la manija de la puerta y empujar un imaginario pedal del freno en el piso. Afortunadamente, Nina no lo notó.

De seguro que fue una experiencia que no había extrañado. La verdad es que no sólo evitaba taxis. Él no había subido a ningún auto en más de tres años.

La Hacienda Sancho Panza derramaba su aroma, y también algunas de sus mesas, en la vereda. Aunque cocinar no fue su primera elección de vocación, lo hubiera sido si no tuviese talento en la cancha. La verdad era que le encantaba la buena comida. Desde que estuvo en la cárcel, no se daba todos los lujos que solía, pero esa era la belleza de la comida, la de su país, México, en particular. Aun la más sencilla de las combinaciones formaba lo sublime. Chiles, cebolla y tomate. Un hombre podría crear un imperio en base a esos tres artículos.

No que Manny no lo estuviera intentando.

Él llevó a Nina por la puerta hasta donde estaba la anfitriona, detrás del podio mirando las mesas. Sus sombras cruzaron el diagrama de asientos y ella miró hacia arriba, los vio de arriba a bajo, observó el vestido bordado de Nina y el saco de chef de José. Él de pronto se dio cuenta de lo que esto parecía y quería echarse a reír, pero se quedó callado, esperando ver cómo se desarrollaba la situación. Ella era una mujer hermosa, delgada como un sauce. Justo del tipo que le hubiera interesado hace años.

—Sólo aceptamos solicitudes los martes de tres a cinco—. Ella frunció los labios brillosos y quitó de la frente un mechón de cabello marrón.

Él se inclinó hacia delante. —Este, ¿por favor podría decirle a Frannie que José Suviran está aquí?

Ella frunció los ojos, bajando sus cejas. —¿De qué se trata?

—Sólo dígale que necesito que me preste una libra de azafrán.

Ella era una chica de primera clase, pensó José, ya que no perdió el control. —Un momento por favor.

Ella se dirigió a la cocina, aparentemente ajena al hecho de que una libra de azafrán era el equivalente al cultivo del tamaño de una cancha de fútbol y costaría unos cinco mil dólares.

Nina reventó de carcajadas.

José volteó hacia la calle donde brincaba una niñita, rubia con dos colitas, rebotando mientras seguía los pasos de su madre y le tomaba de la mano. Una niña hermosa, se parecía mucho a…

—¡José! Llamó Nina. «¿Qué estás mirando?

Y entonces Frannie salió por la puerta de la cocina vestida con un traje que aunque era de pantalones, se veía muy femenino, su cabello oscuro con rayos rubios serpenteaba su cabeza. —¡No puedo creerlo!

Ella también era una mujer hermosa. ¿Cómo pudo él haber estado rodeado de mujeres tan hermosas y aun así terminar tan solo? Incluso ahora, con la dulce Nina a su lado, no tenía deseos de solicitar su compañía en otra forma que no fuera la de amistad.

—¡José! ¡Qué sorpresa!— Dientes perfectos, ojos expresivos. José empezó a preguntarse… no. Ya había pasado mucha agua bajo el puente.

—¿Cómo estás, Frannie?

—Mejor que tú, José—. Ella le pasó el dedo por la mano vendada. —Tú tenías una de estas la última vez que te vi. No me digas que es la misma herida.

—No, no.

—La cocina es un lugar peligroso. ¿Ustedes, muchachos, se están volviendo a quemar?— Ella se rió. José pensó en las marcas de quemadura en su brazo. Las cuales no habían sido provocadas por él. Si los clientes supieran lo que sucede en las cocinas de los restaurantes donde comían, se sorprenderían. Toque las sartenes de un hombre y usted podría terminar con cicatrices de por vida. No se acerque a la parrilla de un hombre gruñón, les advertía.

—No, Frannie.

—Bueno, es siempre agradable ver al hombre con la barba misteriosa. ¿No me digas que realmente caminaste treinta cuadras para conseguir azafrán?

—No, vinimos a comer. Te presento a mi amiga Nina.

Frannie sonrió, tomó el lápiz de la anfitriona y comenzó a hacer ajustes al diagrama de asientos a causa de José y Nina. —¿Entonces sólo están tomándose un día de descanso?— Ella miraba a Nina de arriba abajo tal como lo hizo Helen. —Lindo vestido. Déjame adivinar. Fue idea de Manny. Debió haberle costado una fortuna.

Nina meneó la cabeza. —Él nos obligó a comprarlas.

Frannie estiró los labios con una sonrisa forzada. —Bueno, yo también lo hubiera hecho.

Oh, la fraternidad de todo. Frannie sabía que Manny se enteraría de lo que dijera. De alguna manera. La mujer sabía cómo proteger su retaguardia. José no podía evitar el apreciar esa cualidad en una persona.

Frannie volteó hacia la anfitriona y con un lapicero dio un golpecito sobre el dibujo de una mesa en el diagrama. «Dales la mesa número seis, Margaret. Cuando esta gente llegue aquí, dales la mesa número tres y compénsalos con una botella de Peñascal. Los Landry no llegan hasta en media hora. Tiempo suficiente».

Margaret no se podía recuperar del impacto. —Pero…

—Oh, y estos dos… ellos pueden pedir cualquier cosa de menos de un dólar y medio».

José inclinó la cabeza. Frannie podía mucho más, pero estaba bien.

—Muy bien, que sea dos cincuenta si me dan la receta de su mole.

—Frannie, tú sabes que me matarían.

—Lo haría Manny, quieres decir—. Ella dio golpecitos al podio. —Margaret, sólo dile a Johannes que me traiga la cuenta.

Margaret los llevó a la mesa de afuera.

Nina se acomodó y agarró un menú. Al otro lado, José acercó su silla a la mesa y se sentó. —¿Te gusta la paella?

—Ay, sí.

Él tomó el menú de sus manos y lo puso encima del suyo.

El mesero se acercó a su mesa. —Buenas tardes. Mi nombre es Johannes. ¿Les puedo traer para comenzar algo aparte de agua?

—Estamos listos para pedir. Tendremos sus mejillones y paella para dos.

—Muy bien—, dijo el mesero. —¿Algo para tomar?

José lo pensó. ¿Por qué no? Se estaba convirtiendo en un día de sorpresas. —Mitad gaseosa, mitad limonada y agregue menta fresca, por favor.

—Suena sofisticado—, dijo Nina.

Después que se marchó, José se inclinó hacia delante. —La paella está llena de cosas que necesitas para la criatura.

Ah. Nina se erizó. —¿Quién dijo que estoy esperando un bebé?

—Tú.

—No. Yo dije que estaba embarazada.

Regresó el mesero, y puso las bebidas en la mesa.

—No estoy lista para tener un hijo. Si tienes un hijo, pierdes tu libertad.

Ni qué se diga tu cordura, tu privacidad.

—Las cosas cambian—, dijo José.

Ah, qué lindo. Gracias por decirlo. —Tener un hijo no es sólo un *cambio*. No creo que ni siquiera me gusten los niños. Apenas he estado con alguno, José.

Él tan sólo asintió.

Así que ella siguió balbuceando. —Sencillamente no puedo hacerlo. No tengo dinero y estoy sola.

—¿Sola?

Por fin. Lo dijo. Sola. Embarazada y sola, y eso era equivalente a sólo una cosa: Fracasada patética. Sus ojos buscaban los de ella y allí se reflejaba la tristeza que sentía tanto en ese momento. ¿Cómo llegó aquí? ¿A este punto? Embarazada, sin trabajo, sin enamorado, sentada en un restaurante extraño con un hombre cuya barba era del tamaño de Staten Island, y para colmo, usando un vestido que ninguna otra mujer en Nueva York se atrevería a usar en público.

En su mochila, el sapo de papel y Bubbles se paseaban en un par de zapatos tenis. Ella se preguntaba si había algún tipo especial de zapato que uno pudiera ponerse y echarse a correr, correr con todas las fuerzas, correr y alejarse de su vida. Y si ella creía que la vida era dura ahora, ¿qué tal con un bebé encima?

No, gracias.

Y ahí estaba.

—Ya tomé mi decisión, ¿está bien?

—¿Y qué es lo que piensa el padre?

—Él no es un padre, y no lo va a ser. Así como yo no voy a ser madre. No ahora—. Ahora no era el momento de hablar de Pieter. Quien, ella miró hacia abajo donde estaba su celular, no había llamado ni una vez para saber cómo estaba desde que le entregó sus pertenencias. Se entiende. —Él está totalmente a favor de que «me encargue de ello». Esas fueron las palabras que usó. Como si fuese una muela del juicio que había que extraer—. Ella se inclinó hacia José, deseando que entendiera el mensaje. —¿Sabes?, yo me pregunto ¿por qué los niños siempre son el problema de la madre? A los hombres no se les incomoda con ellos. No les arruina su libertad. Y sin embargo me dan todos estos consejos de qué es lo mejor para mí.

—¿Qué hombres, Nina?

Pero ella estaba sin parar. —Bueno, encargarme de ello es lo mejor para mí—. ¿Cómo podría entenderla él? —Ponte en mi lugar.

—¿Lo amas?

¿Qué pasó con el callado José que no se metía en nada?

—No—. No lo pudo evitar. Había pasado tanto tiempo desde que alguien en realidad se sentara y la escuchara. —Es el bebé de Pieter—, susurró ella.

Los ojos de José se abrieron, la parte blanca se apreciaba debajo de sus pestañas oscuras. —No lo sabía.

—Nadie lo sabe. Todo fue un gran error, y Manny…

—Sí. Él hubiera despedido a los dos si se enteraba.

—¿Y que pasa cuando encuentre a alguien que verdaderamente quiera? ¿Con un hijo?— Ah, ella se lo podía imaginar.

—Olvídalo. ¿Invito a alguien a la casa para un último trago antes de que termine la noche… y le pago a la niñera?— Ella golpeó la yema de los dedos contra la mesa. —Mi hombre ideal va a decir: «Ah, sí, me encanta cuidar los hijos ajenos». Es bastante difícil—, ella se tragó el nudo en su garganta —obtener la sinceridad de la gente sin tener niños en la situación.

Ella meneó la cabeza. No, no, no. Ella no se podía imaginar todos los biberones, los pañales, dar de comer a las 3:00 a.m., y llevar al niño a la guardería infantil. Pijamitas y medias. —Ni siquiera me puedo cuidar a mí misma, José. ¿Cómo voy a cuidar a un niño?

José estiró su mano vendada y la puso sobre el antebrazo de Nina. Esta imagen, ya que el personal sabía lo que él había estado haciéndose por tanto tiempo, la desarmó. Esta alma herida extendiéndose, su propio dolor de algún modo le ofrecía confort a ella… y ella lloró. Por primera vez desde que esas líneas azules estropearon la blanca superficie del palito de la prueba, el temor de la vida, el darla, tomarla, vivirla, la abrumaron completamente.

Doce

Manny miró el reloj en la pared. Sólo cuarenta y cinco minutos hasta que se acabara el ajetreo. Ellos no habían tenido un almuerzo tan ajetreado como este en un mes, y hoy precisamente tenía que ser ese día.

No estaba bien.

Los meseros daban vueltas por la ventana mientras el personal de la cocina trataba de preparar platos y tenerlos listo para que fuesen servidos.

Manny le entregó un plato a la que reemplazaba a Nina. —Aquí tienes, ya terminaste, ya terminaste—. Él puso otro en la ventana. —Aquí tienes, es tuyo.

Pieter regresó un plato a la ventana.

—¿Qué es esto?—, preguntó Manny. —¿Qué tiene ese plato?

—Lo regresaron.

—¿Qué quieres decir conque lo regresaron?

—Dijeron que estaba frío.

Manny casi podía sentir su cabeza explotar hasta ver el vapor saliendo de su cráneo. —¡Está frío!

Sonó el teléfono.

Perfecto.

—Alguien vaya a contestar el teléfono. Será mejor que no escuche más de dos rings. ¡Que alguien vaya a contestar el teléfono!

Más meseros daban vueltas a su alrededor, más cocineros, más, más, más. Él le dio un plato a un mesero cuyo nombre no podía recordar. —Aquí. La casa paga, ¿está bien? Mesa número dos.

—¿Y qué de mi pedido?—, preguntó una joven. ¿Quién era ella? Manny no la reconoció. Pieter generalmente aprobaba cada nuevo empleado conjuntamente con él. Quizás se estaba volviendo un poquito arrogante.

—Estoy esperando el especial.

Él volteó hacia Pepito. —¿Dónde está el pargo? Dame ese pargo.

Pepito meneó la cabeza. —¡Esto no es para ella!

—Es para el señor Winters—, dijo la mesera.

—¡Haz uno nuevo!—, gritó Manny, agarrando el pargo de Pepito y entregándole el plato a ella.

—Aquí tienes. Sácalo. Mesa número diez. Y dile al señor Winters que me encantan sus zapatos, ¿de acuerdo?

Pepito gruñó.

Manny volteó hacia él. —No me mires así. No necesito esa mirada hoy día.

Frannie se les acercó cuando terminaron sus mejillones. Ella volteó una silla de la mesa vacía que estaba detrás de ellos, se sentó a horcajadas, con sus brazos cruzando el respaldo. —¿Están bien ustedes dos? ¿Cómo estuvieron los mejillones?

José balanceó su mano como quien dice «más o menos». —Bien.

—¿Pero?

—Prueba usar Pinot Grigio en el caldo.

Frannie le sonrió a Nina y encogió sus hombros. —¿Así es él en el restaurante de Manny?

—Él es el *chef* del restaurante de Manny. Tuvimos un reemplazante el día de hoy—, dijo ella.

José puso el tenedor en la mesa. —Realmente me gusta la dirección que le has dado a este lugar.

—¿Te gusta? Entonces la cocina es tuya. ¿Cuándo empiezas?

—¿Qué tal un paquete de oferta?— Él señaló a Nina. ¿Y por qué no? Frannie y él se habían hecho favores mutuamente por mucho tiempo.

Ella volteó a Nina. —¿Estás buscando? Sé que este individuo nunca vendría. Pero si tú estás buscando, nosotros podemos usar a alguien. Y si él te recomienda...

—Yo la recomiendo.

Los ojos de Nina se abrieron bastante; la mitad de su boca hizo una sonrisa.

—Llámame el lunes.

Un servidor de comida se acercó a la mesa sigilosamente con una bandeja.

Frannie tocó el respaldo de la silla y se paró. —Muy bien, voy a dejar que coman.

—Gracias—, dijo Nina. —Te llamaré. Fue un gusto conocerte.

—El gusto fue mío también.

—Gracias, Frannie—. José sabía que ella no le iba a defraudar. Y tratará bien a Nina. Frannie era una mujer de integridad, aunque trabajase duro.

Frannie sonrió y José conocía esa sonrisa. —De nada—. Ella esperaba algo a cambio, y él sabía lo que le iba a dar.

José volteó hacia Nina después que se fue Frannie. —¿Ves? Eso fue fácil.

Nina se llenó de lágrimas otra vez.

Debe ser el embarazo, pensó José.

—¿Qué vas a hacer el resto del día, Nina?

—Tratar con esto.

—¿Quieres ir a la playa conmigo? Quiero mostrarte algo.

Él tenía que llevarla allí. Algo en él que amaba la arena, el estrépito de las olas y el grito de las gaviotas buscaba alcanzar a Nina y le decía a él que ella lo entendería allí y él a ella y quizás ella podría encontrar otra solución. Quizás ambos lo harían. Además, su familia estaría ahí.

Ella vaciló. —Muy bien. Pero me quiero quitar esta ropa loca.

—Podemos ir tal como estamos—. Por supuesto, él no era el que estaba con esa falda llamativa.

Nina suspiró. —¿Por qué no?

—Pero primero tengo que regresar al restaurante para recoger mi billetera.

—¿Quieres decir que viniste aquí sin tu billetera?

—Conozco a Frannie. Ella nunca me dejaría pagar—. José bebió su agua luego desdobló su servilleta. —¿Tienes un bolígrafo, Nina?

Ella asintió y sacó uno de su mochila. —¿Qué vas a hacer?

—Mira.

Él garabateó las palabras *Mole Verde de Oaxaca* seguido de los ingredientes de su salsa de mole, y los ojos de Nina crecieron. —¡Manny te va a matar!

—Manny nunca lo sabrá porque Frannie no se lo va a decir. ¿Y tú?

—Por supuesto que no.

Diez minutos después se acercó Johannes. —¿Eso es todo?

—Casi—. José le dio la servilleta. —Frannie me ha estado fastidiando por esto durante años. Anda y ve qué te puede dar por ello.

Johannes inclinó la cabeza y sonrió. —Así lo haré señor. Gracias. Que ambos tengan un lindo día.

Nina sacó un billete de veinte de su cartera y lo puso en la mesa. Respeto de mesero. José lo admiraba. Ella no tenía mucho dinero, él lo sabía.

—Y dile a Frannie que no todo se trata de los ingredientes.

José observó la escena en la cocina antes de hacer notar su presencia. Estaba Kevin, el mesero favorito de Manny, sujetando un plato sucio mientras Margarita, cuyo nombre Manny nunca podía recordar, llevaba a cuestas una gran bandeja de platos sucios.

Carlos gruñía. —¿Estás conservando fuerzas, Kevin?

—Estos eran los únicos platos en mi sección, *¿okey?*

Carlos lo miró, y José dedujo que ahora, este era tan buen momento como cualquiera para hacer notar su presencia. Caminó hacia delante, dio palmaditas en la espalda a Carlos y luego a Pepito. Ellos correspondieron el gesto y le dieron la bienvenida.

Entró Pieter, puso sus manos en las caderas. —¿Tuviste un buen día de descanso, José?

José quería agarrarlo de la solapa y sacudirlo como jamás lo había hecho. Nunca había sentido mucho respeto por Pieter, quien siempre estaba tratando de antagonizarlo, pero saber lo que había hecho amplió todo lo negativo de ese hombre. Sin embargo, él quería mantener la confianza de Nina. —Tuve un día fabuloso, Pieter. Nina es una persona maravillosa—. Él lo miró fijamente.

Pieter llamó hacia la línea. —¡Oye, Manny! Tu hermano ha regresado—, luego se sentó detrás de Carlos.

José dedujo que era mejor irse al armario.

—¡Oye, El Callao! ¿Dónde estuviste, hombre?—, preguntó Carlos.

—¿Estuvo ajetreado?—, él deslizó su celular del mostrador.

—Ay, hombre—. Carlos limpió su frente sudorosa con una pañoleta roja. —Ay, hombre, fue una locura. Hicimos lo mejor que pudimos.

—Dos mesas se fueron—, dijo Pieter. Casi parecía feliz por ello si esto significaba que José estaba en problemas.

¿Qué era esto? ¿Segundo grado?

Manny entró rápido a la cocina. —¿Entras y sales a escondidillas? ¿No ibas a saludar?

—Sólo vine a recoger mi celular y el billetero, Manny.

Manny hacía ruido al respirar, y sus palabras salían entre dientes. —Sí... te olvidaste de tu teléfono. Te llamé. Mamá también te llamó. Encontré tiempo para llamarte—. De pronto esto fue demasiado para él. José miró con asombro cuando la represa de dominio propio cedió y su hermano desató su furia. —¡Aunque nos faltaba un chef durante nuestra hora ajetreada para almorzar! ¿Dónde estuviste, José, ah?

—Solamente salí, Manny. Eso era todo lo que planeaba hacer.

De ninguna manera Nina iba a regresar al restaurante, así que esperó afuera.

Ella encendió un cigarrillo. Ella no era una fumadora empedernida, sólo cuando la vida se volvía un poquito tensa. *¿Por qué estoy haciendo esto? Ni siquiera parezco una fumadora de verdad.*

Nina detestaba este tipo de cosas en ella. Depender de cosas tontas como cigarrillos y sujetos estúpidos como Pieter.

Y ahí adentro estaba José, tratando de ser un buen amigo y persona simpática. Ella sabía que él quería decirle mil razones distintas para que se quedase con el bebé, pero por alguna razón no podía, como si no tuviese el derecho. Pero él la escuchaba, y ella no podía recordar la última vez que alguien realmente hizo eso por ella.

A veces Manny no entendía a su hermano. —¿Saliste? Marcos sacó la basura. Él no te vio afuera. ¿Qué tan lejos te fuiste hermano, ah? ¿Acapulco? ¿Dónde estuviste? Estábamos preocupados. Estábamos ocupados y tú nos abandonaste—. Él puso el dedo en el pecho de José. —¡Abandonaste tu propia carne y sangre!

José sólo quería ver sensatez. Allá estaba el trapeador. Manny lo agarró y lo lanzó hacia su hermano. —Aquí tienes. ¡Puedes restaurarme esto limpiando este revoltijo! ¡Tienes suerte de que no despida a todo el personal y deje que lo hagas solo!

Él se fue. Que José sufra un rato.

—¡Manny! ¡Manny!—, llamó José.

Él volteó, sintiendo regresar al león del enojo. Él sabía lo que José iba a decir porque él era su hermano y ellos sabían estas cosas.

—Sólo vine a recoger mi billetera. Tengo que hacer esto ahora, Manny—. Él entregó a Manny el trapeador.

Manny tiró el trapeador a una esquina, tumbando una pila de latas. —¿Qué? ¿Qué tienes que hacer?

—Me tengo que ir.

—¿Qué?— Manny quería estrangularlo.

La cocina quedó en silencio. El agua dejó de fluir. Los cuchillos se quedaron quietos. La gente se inclinó en dirección a ellos. Manny miró alrededor. —¿Qué miran todos ustedes? Tenemos trabajo que hacer—. Él señaló a José. —¡*Tú*! En mi oficina. ¡Ahora mismo!

Él iba a arreglar esto inmediatamente. Aunque estaba bien enojado, no podía dejar que su hermano se fuera sin que viera las cosas correctamente.

Además, la preparación de la cena necesitaba empezar pronto.

José siguió a Manny por las escaleras hasta la oficina. Manny podía pensar en lo que desearía tener del estilo de vida austero de José, su forma de ser retraída, pero la vida de Manny giraba alrededor del restaurante. Era una forma distinta de encerramiento. E incluso ahora, uno de sus ex empleados estuvo en problemas, pero a su manera de ver las cosas, ella estaba afuera y ellos adentro.

José sabía que era hora de ponerse firme.

Los ojos de Manny ardían. —Llamé a todo el mundo. Llamé a mamá y papá. Nos dejaste a todos cuando saliste de esa puerta con tu nueva amiga.

Mamá y papá. Manny...

«¡Dos mesas nos abandonaron hoy día, José! ¡*Dos*! Eso nunca ha sucedido. Nunca. Eso es mal negocio, José, mal negocio».

Así es, José reconoció. Esto no se trataba de la familia en lo absoluto. —Todo para ti es negocio. Estoy seguro que todos pusieron el hombro y superaron el día por ti y tu restaurante. ¿Pero qué estás haciendo tú por ellos?

Manny apretó su quijada. —Un momento, un momento, un momento. ¿Estoy escuchando correctamente?— Él señaló la puerta. —Pregúntale a Amelia. Ella ha estado aquí todo el tiempo. Tiene cuatro hijos y viene desde el Bronx todos los días.

—Ella tiene tres hijos, Manny.

—¡Ella tiene hijos!

—¿Lo ves? Ni siquiera la conoces y me hablas de ella? ¿Cuánto tiempo has estado a cargo de este lugar? ¿Y cuántas veces le diste un aumento a Amelia?— Formó una O con sus dedos. —*Cero*, Manny. Cero.

José vio la nariz de su hermano echar humo. Mejor salirse de ahí. Él se volteó.

—Escúchame, niñito. No me digas cómo conducir mi negocio. Tú trabajas para mí, ¿y me dejas? ¿A tu hermano? ¿El que te libró y dio trabajo?

José sintió su corazón acelerar, el enojo corría desde la base de la espina dorsal hasta explotar en su cabeza. —Manny…—, advirtió él.

—¿Me dejas por una mesera borracha que llega tarde? ¿Cuándo sucedió esto?

José había concluido. Él quería a su hermano, pero Manny podía llegar a conclusiones con tanta rapidez. ¿Y arrastrar el pasado como lo había hecho? Él había tenido suficiente.

—Despediste a una mujer embarazada, Manny.

Él se fue disparado a la cocina.

Manny tiró un puñete a la pared de su oficina. José había escuchado ese sonido anteriormente.

Y luego el golpear subsecuente de sus pies mientras subía rápidamente las escaleras. José suspiró. Así que esto aún no había terminado. Y pobre Nina, esperando afuera todo este tiempo. Él esperaba que aún estuviese allí.

Manny agarró el brazo de José. —¡Yo no sabía por qué llegaba tarde! ¡Todo lo que sabía era que siempre llegaba tarde!

—Y tú sabes que ella no siempre era así—. Él empujó su cabello para atrás con un suspiro.

—Manny, ella es una de tus mejores empleadas. Ha estado aquí durante cuatro años. ¿Alguna vez te detuviste para preguntarle lo que estaba pasando?— José señaló a todos los de alrededor. —¿Sabes algo acerca de alguna de estas personas aparte de Amelia?

Mejor descargarlo todo. Él respiró profundamente. —¿Sabes algo más que el hecho de que Henry el cantinero gana el doble de lo que gana Pepito, mi *cocinero*? ¿Por qué Pieter siempre le da mejores secciones a Kevin que a Margarita?

—¡Basta!— Manny arregló su corbata y miró alrededor, un rubor penetraba desde su cuello hasta su cabello. Él empujó a José hacia la congeladora y cerró la puerta tras de él.

Manny empujó el hombro de José. —¿Qué te pasa? ¡Cómo puedes quedar impune hablándome así delante de mis empleados!

Todo siempre se reducía al orgullo con Manny. —¿Qué me pasa? ¿Qué pasa contigo, hombre? ¿Qué te sucede? ¿Qué cosa?

José empujó a Manny. —Carlos, Carlos, uno de los tuyos gana menos que el salario mínimo. ¿Por qué, ah? Oh, ¿no tiene documentos? ¿Y tú te puedes salir con la tuya por eso?— Él abrió la puerta de un empujón. — Todos nos esclavizamos en la cocina por ti. ¡Todo se trata de ti, hombre!

José salió de la congeladora. Era hora de marcharse. —Basta de esta conversación sobre la familia—, murmuró él.

Manny lo siguió. —¡José!

José agarró una olla del mostrador y volteó hacia Manny. —Esta olla es la misma que compraste hace cuatro años cuando abriste. Quema la comida porque está vieja—. Él empujó la olla contra el pecho de Manny. —Cómprate otra.

José pasó al lado de Kevin, y luego de Pieter, clavándole la mirada. —¿Tienes algo que decir?—, le preguntó a Pieter.

El rostro de Pieter se puso pálido.

Si pudiera decir una cosa más… no. Él ya estaba enojado. No se sabía lo que le haría a Pieter una vez que comenzara.

—¡Tú también saca tus cosas del armario! ¡Ya basta!—, gritó Manny.

José se detuvo, miró a su hermano, y se despidió con su agotada mano. Él también había terminado. Quería irse lo más pronto posible.

—Y llama a mamá. Está preocupada.

Seguro que lo está, pensó José.

Trece

Nina apagó el cigarrillo fumado a medias con su taco. No estaba planeando tener este bebé, pero por si acaso… embarazada o no, no era bueno fumar, ¿verdad? Tenía que confiar en algo que no fuera cigarrillos para enfrentar el resto del día. Entró a una tienda cercana para comprar bocaditos para el viaje a la playa.

Después de varios minutos, tenía manzanas y agua en su bolsa, ella esperó en su lugar, y se imaginaba cómo Manny debió haber estado reprendiendo a su hermano.

José, con los puños cerrados, pálido del enojo, salió disparado del restaurante, y directamente hacia el tráfico. Nina miró aterrorizada mientras el conductor de un sedán granate pisaba los frenos y gritaba por la ventana. —¡Oye, hombre! ¿Qué tratas de hacer?

José lo miró fijamente, luego parpadeó y de pronto se encontraba lejos del lugar de los hechos.

¿A dónde fuiste? ¿A dónde vas cuando eso sucede? se preguntó ella.

José sacudió su cabeza y recobró la vida.

Ella se encontró con él cuando subió a la vereda. —¿Estás bien? ¿Qué pasó?

José meneó la cabeza, sus ojos estaban humedecidos con lágrimas. —Vámonos.

—¡No me digas que te despidió!

Él sólo la miró detenidamente. Oh, no.

—¡No puedo creer cómo es él! Es un…

—Él ha sido bueno conmigo.

Bueno, muy bien. Lealtad familiar y todo eso. Ella comprendía. Ella ajustó su bolso. —Supongo que sí arruinamos su día—. Ella levantó la bolsa de compras, como convirtiéndola en una especie de ofrenda de paz. —Conseguí algunas cosas para el viaje.

—Vamos.

—¿Dijo algo Pieter?

—No.

—¿Le dijiste algo acerca de mí?

—No. Pero estoy seguro que él supuso que yo sabía.

Eso no le molestaba a Nina. Que sufra Pieter un poquito. Se lo merecía.

—Tomemos el tren. Estoy lista para la playa después de todo eso.

—Muy bien—, dijo Nina.

Llegaron a Penn Station. Nina pensó en su decisión. Ella no podía culpar a este bebé por cancelar sus sueños. Y le era muy difícil decir que impedía que alcanzara sus metas. Ella fue la que causó esto. No iba a ser fácil. Hoy iba a terminar y mañana estaría a la disposición para tomar la decisión *real*.

Esperaron en una esquina cerca de la estación.

—¿Cuándo supiste que querías ser bailarina?—, dijo José.

Eso fue fácil. —Fue mi padre. Él podía cortar la alfombra.

—¿Disculpa?

—Es una expresión. Quiere decir que él realmente podía bailar.

—Tu padre, ¿ah? ¿No tu madre?

—No. Ella es de un tipo más reservado. A veces me preguntaba cómo es que terminaron juntos. Mi padre era del sur y le encantaba el baile y las fiestas. Mi mamá sólo quería estar en casa con su «pequeña familia», como ella siempre nos ha llamado—. La luz cambió y cruzaron la calle. —Yo sabía que quería bailar cuando mi padre me dijo un día que yo tenía los brazos más bonitos que jamás había visto…

—Tienes brazos lindos.

—Gracias. Y él me dijo que los movía con gracia—. Ella alzó un pie. —Mis pies también.

José tomó su codo cuando bajaban la vereda.

—Así que me preguntó si quería tomar clases y después de la primera, lo supe. A veces uno siente como que fue hecho para hacer algo, ser alguien.

—Sí, lo sé.

Subieron a la siguiente vereda, esquivando un grupo de gente que estaba esperando taxi.

Entraron a la estación.

—Quizás regreses y comiences a bailar de nuevo.

—No estando embarazada, no puedo—. Que medite en eso.

—Después.

—¿Después de qué?

—Después que tengas al bebé.

Se detuvieron en la boletería.

—Te dije…

—Sí, lo sé—. Él puso un par de billetes de veinte en el mostrador. —Dos boletos para Long Island.

Este viaje en tren era mucho mejor. José miró más allá de donde estaba Nina hacia la ventana. A él no le gustaban mucho los metros subterráneos, pero los trenes eran otra cosa. El ritmo de las ruedas sobre los rieles, la manera en que el vagón se mecía suavemente, lo tranquilizador del paisaje que uno atraviesa sin la distracción de manejar.

No es que él hubiese manejado por mucho tiempo. No desde aquel día.

Él cerró sus ojos.

—Realmente quisiera darme un baño y poner música de Marvin Gaye—. La voz de Nina hizo que abriera sus ojos.

—Puedes darte un baño en la casa de mis padres. Tienen música de Tito Puente. No sé si tengan de Marvin Gaye.

—Creí que íbamos a la playa.

—Ellos viven en la playa.

—Y probablemente ya saben todo lo que sucedió en el restaurante de Manny hoy.

—No te preocupes.

Nina se acomodó más en su asiento. —Ah, no me preocupo. Yo solía preocuparme, después hice una pequeña investigación y descubrí que diez de cada diez personas mueren—. Ella puso sus manos en el apoyabrazos. —¿Crees que eso es todo lo que hay? ¿De que sólo vivimos una vez?

—Bueno, hasta ahora no he conocido a nadie que haya vivido dos veces.

Eso la hizo sonreír. Qué bien. La playa fue una buena idea.

—Nina, ¿te puedo hacer una pregunta?

—No.

Él miró sus manos. Está bien.

—¡Estoy bromeando!—. Se rió. —¿Qué?

—Nada.

—¡Sólo pregunta!

Bueno, mejor era hacerlo. De esto se supone que iba a tratarse el día de hoy. —¿Has pensado en la adopción?

—¿Tenemos que hablar de esto ahora mismo?

—No.

Ella miró por la ventana, luego a José. —No puedo llevar a un ser vivo dentro de mi cuerpo por nueve meses y luego… ¿qué? ¿Dejarlo en la entrada en una canasta para que lo recoja un extraño? Para mí, eso es lo peor.

—No tiene que ser un extraño.

Nina soltó una carcajada. —¿Entonces sólo comienzo a llamar a mis parientes? ¿Mi *pariente*? «Oye, mamá, no he hablado contigo en cinco años, ¡pero tengo algo para ti!» ¿O qué tal esto? *Tú* te puedes quedar con él. Apuesto que Manny podría enseñarle una o dos cosas. Los niños Suviran pueden criar a la pequeña Nina porque ahora mismo tú eres probablemente la única persona en el mundo en la que puedo confiar.

Eso es. Eso seguramente lo silenciará. Ponerle un poquito de responsabilidad sobre sus hombros y ver qué tan lejos va. Quizás la acompañe a la clínica el próximo miércoles. Ella ni siquiera sabía si quería eso, pero ir sola sería horrible. Alguien tenía que saber en caso que comenzara a sangrar posteriormente o algo por el estilo.

Ella buscó en su bolsa y sacó una manzana verde ácida Granny Smith. Se la dio a José.

—Gracias—, dijo él.

—De nada—. Ya que había hecho eso, tomó una para sí misma. Es asombroso cómo la gente continúa respirando, caminando, viajando en tren, comiendo manzanas, cuando sus vidas se están deshaciendo.

El paisaje pasó rápido. Edificios industriales atorados por el humo, y ella odiaba mucho las ciudades. ¿Por qué venir a bailar y luego quedarse cuando el sueño se había desvanecido? Eso era tonto. Ella mordió la manzana. Él volvió a morder la suya. El sonido intermitente que hacían cuando masticaban interrumpía el silencio entre ellos.

Era algo simpático.

—¿Quieres volver a bailar?—, preguntó José.

—Ha pasado mucho tiempo. No estoy acondicionada.

—Yo creo que lo podrías hacer.

Nina meneó la cabeza. —Estoy segura que lo crees.

Ella necesitaba que alguien creyera en ella. Había pasado tanto tiempo.

Una hora después, salieron del tren en la estación Hampton. Nina deseaba haber podido criarse en la playa. Los recuerdos de su padre la llenaban.

—¡Nina! ¡Nina!

Oh. Ella había volteado en la dirección equivocada.

José puso su brazo alrededor de su cintura y la guió hacia las escaleras. Ellos subieron hacia la luz del sol y el olor a aire salado.

Catorce

L a reja oxidada del patio de adelante crujía con el viento y daba a la calle. —¡Loochi!

Celia corrió, sus zapatos golpeaban el cemento caliente, enviando la vibración por su columna hasta la base de su cráneo.

Se escuchó un chillido de frenos, y un grito de su hija, y un golpe seco hizo eco en la fachada de los edificios.

Ay, Dios mío. Un silencio cubrió el aire en un instante.

Y Celia lo sabía. Ella corrió por la reja abierta. Y Lucinda yacía en el pavimento negro, inmóvil. Ella tiró a un lado la cámara, mientras el calor del miedo la golpeaba. —¡Loochi! ¡No! ¡No!

Ella corrió hacia su niña, notando apenas el auto negro y brilloso.
—¡No! ¡Ay, no!—, gritó ella, arrodillándose junto a Lucinda, la sangre
brotaba del pequeño cuerpo a la calle, un río, un río carmesí estaba tra-
gándose a Celia viva, consumiendo su vida, todo.

Apenas podía respirar.

—¡Alguien llame a la ambulancia! ¡Ayúdenme por favor!— Ella puso
su oído en el diminuto pecho. Nada, no había sonido.

Ay, no. ¡Dios mío! ¡Por favor!

El rostro, tan pálido. Las colitas de caballo torcidas. No.

Loochi. Ay, mi bebé.

El conductor apareció, su rostro pálido, sus ojos ahogados en con-
moción. Celia volteó hacia él —¡No! ¡Tú!—, gritó ella, levantando los
puños y golpeándolo mientras él la tomó en sus brazos. —No—, gimió
ella. —No.

Él susurró en su cabello, tratando de calmarla.

—¡No! ¡Ay, no!— Ella lo empujó y tomó a Lucinda en sus brazos.
Sintiendo los diminutos huesos de las piernas y brazos de su hija cayendo
sobre los de ella.

Pero algo la rebasó al mirar el rostro de Lucinda. Muerta y muerta y
muerta. Y un gran gemir salió de sus entrañas, acompañado de océanos
y océanos de amor una vez destinados a ser liberados en chorros suaves,
ahora derramados de golpe sobre su hija, la calle, el auto, y la gente ahora
reunida en la vereda mientras se derretía rápidamente en lo que todos los
padres ruegan que nunca se convertirán.

Quince

Caminaron de la estación de trenes a la casa de José. Nina probaba el aire salado mientras inhalaba, sintiendo esa espaciosidad ruidosa que uno experimenta cuando deja la ciudad por primera vez en meses. No había edificios altos que se asomasen bloqueando el aire, el sol y la vista que se extendía a más allá de una cuadra.

¿*Ven?*, pensó ella, *bailar es un poquito como esto, un poco de espaciosidad y libertad en un mundo donde sólo se le permite a aquellos que pueden.* Y ella podía. Ella podía mover sus pies y menear sus brazos con gracia, ese tenso pero de algún modo fluido arco de movimiento. No pensaba en ello con orgullo sino con un sentido de logro.

Bueno, ella solía sentirse así. Ella no había bailado ni un paso en un año. De vez en cuando ella se estiraba delante del televisor, pero eso era todo ahí en su apartamento estrecho.

Ella aspiró nuevamente, esta vez con más fuerza.

—¿Está bien así?—, preguntó José.

—Sí. No sé por qué no salgo de la ciudad con más frecuencia.

—Creo que todos decimos eso.

—La ciudad no es un lugar para criar hijos—. Nina pensó en el palito de la prueba del embarazo y de pronto su vida se volvió muy importante otra vez, como si todas las cosas que ella había quitado por su propia voluntad estuvieran de regreso y en peligro de ser eliminadas nuevamente por circunstancias no gratas.

—El hecho es que no soy bailarina y no corría peligro de convertirme en una por la manera en que resultó mi vida—. *Bueno, eso fue un poquito imprevisto*, pensó ella, pero José no parecía notarlo. Él sólo continuó caminando, sus manos en los bolsillos, respirando el aire del mar como ella también lo hacía.

Ella seguía caminando, pasando frente a casas bien cuidadas y jardines frondosos que tenían flores de primavera; algunas obviamente estaban compitiendo entre sí. Nina nunca había visto tanta perfección.

Dieron la vuelta a una esquina y se encontraron con un jardín con más ornamentos de los que jamás había visto. —Me gusta esa clase de gente. No se dan cuenta que ornamentos de jardín no tienen estilo. A ellos simplemente les gusta. Nadie les dijo «menos es más» así que ellos piensan que más es más, y cuanto más ornamentos, mejor. Me gustaría ser esa persona, José. Me gustaría que no me importase lo que piense la gente.

—No parece que fueras así.

—Quizás no para ti.

Llegaron a una intersección, y José señaló al otro lado de la calle hacia una casa blanca colonial holandesa con el jardín perfecto. —Allí está. Esa es la casa de mis padres.

—Qué bien…

—No te preocupes—. Él la tomó del brazo mientras cruzaban la calle. —Te encantará este sitio.

Un hombre salió rápidamente de la cochera con su carretilla vacía. Se detuvo en la parte de atrás de una camioneta roja llena de arbustos.

—¿Qué pasó, papá?

El hombre volteó. Sus ojos negros se ampliaron y luego se llenaron de preocupación. Una lluvia de español brotaba de su boca mientras se acercaba. Nina sintió una ola enfermiza de inseguridad mezclada con el aire del mar.

Por supuesto que su padre estaba sorprendido. José no había estado en casa desde que se mudó a la ciudad a trabajar en el restaurante de Manny. Parecía que sólo podía estar en un lugar a la vez, vivir una vida, y viajar a Long Island con regularidad no era parte de esa vida. Su vida era dormir, orar, ir a la iglesia, cocinar, y regresar a casa a leer y dormir. Eso era suficiente. De hecho, a veces él se sentía como un héroe, si la determinación de lograr todo eso se considerase una muestra de ello.

Manuel Suviran, padre, de piel trigueña curtida por los días que pasaba afuera en su rancho de México, expresaba su preocupación. José se sentía mal de que Nina no pudiera entenderle, pero su padre se rehusaba hablar inglés. —José, ¿dónde has estado? Tu hermano ha estado llamando todo el día. Dijo que abandonaste el trabajo—. Él miró a Nina y luego a su hijo nuevamente. —¿Qué sucede, hijo?

José respondió en español. Todos sospechaban que Manuel entendía más de lo que dejaba saber, pero lo respetaban demasiado como para forzar el tema del idioma. —Te cuento más tarde.

—¿Está todo bien?

—No te preocupes, viejo.

Su padre lo abrazó. Cuando la mayoría de sus amigos decidieron que estaban demasiado viejos para abrazos, sus padres consintieron, pero no Manuel. Él nunca los abandonó.

—¿Te acuerdas de Nina?—, preguntó José. —¿Del restaurante?

—Bueno, ¡claro!—, Él volteó hacia Nina con una ligera venia. —Esta es tu casa.

Nina miró la casa impecable, tan limpia y bien cuidada, y José estaba orgulloso.

—Es hermosa—, dijo ella.

—A sus órdenes.

Nina trató de responder en español. —Gracias.

Él se rió. —Escúchala. ¡Con ese vestido parece que fuera una dama mexicana de verdad!

Nina frunció el ceño. —¿Qué dijo?

—Dijo que pareces mexicana.

Ella sonrió. —Ay, ¡gracias!

José agarró un arbusto. Parecía una azalea. —¿Está mamá en casa?

—No. Se fue de compras. Voy a cocinar un plato de ostras. Te quedas a cenar, ¿verdad?

—Él nos está invitando a cenar—, dijo José a Nina. —¿Nos quedamos? Va a preparar ostras.

—Sí. Gracias—, dijo Nina.

José asintió. —Sí. Si tú insistes.

Manuel abrió sus manos. —Por supuesto, insisto.

—¿Para qué son los árboles, papá?

—Para plantarlos, señor barbudo. ¡No te quedes allí parado como una escoba! Sí. Tres hijos varones y ninguno puede ayudarme a plantar un árbol.

—¿Dónde está Eduardo?—, preguntó José.

Manuel puso sus manos en la raíz de un pequeño árbol. —¿Eduardo? ¿Bromeas? Él está muy ocupado comprando ropa y cortejando a su nueva enamorada.

—¿Tiene una nueva enamorada? ¿Cuándo pasó eso?

—Tú conoces a tu hermano. Yo tampoco la conozco. La está trayendo a cenar esta noche.

José se inclinó contra el costado de la camioneta. Habían pasado varios meses desde que vio a Eduardo. —Muy bien, la llegaré a conocer. ¿Está él aquí?

—No. Sólo yo.

José empujó la camioneta. —Pongamos estos árboles en la tierra. Nina es tan fuerte como Eduardo—. Él volteó hacia Nina. —¿No es verdad, Nina?

Ella estrujó su nariz. —¿Qué?

Manuel levantó con esfuerzo la raíz, y José corrió a ayudar a poner al árbol en el carro. —Los hoyos están listos, sólo necesitamos plantarlos—, dijo él.

—¿Qué vamos a hacer?—, preguntó Nina.

—Dijo que quiere que te vayas de su propiedad.

Ella lo miró parpadeando. —¡Ya deja de tomarme el pelo!— Luego sonrió y después se puso seria. —¿De verdad que dijo eso?

José no podía ocultarlo. Esa sonrisa era contagiante. Él devolvió la sonrisa para reafirmarla. —En serio, sólo vamos a ayudar a plantar estos árboles—. ¡Vaya! ¿en realidad le jugó José una broma?

José ayudó a su padre a descargar el resto de las plantas mientras Nina ponía su mochila en el porche de atrás.

—Regresa el Hijo Pródigo. Tu mamá estará tan contenta de verte.

José tomó el mango del carro con Nina y señaló a su padre. —Él nos va a ayudar a plantar estos árboles, ¿verdad?

Manuel se rió, se acopló a las bromas. —Eres más lento que un cojo.

Se detuvieron en la cerca de atrás.

Manuel abrió sus brazos para señalar su lienzo viviente. —Van a haber azaleas, un árbol de limones, tuberosas, lirios, margaritas…¡será un paraíso!

Nina asintió.

—¿Entendiste eso?—, preguntó José.

Ella meneó la cabeza.

—¿Saben?—, continuó Manuel. —Yo cortejé a mi esposa con flores. ¿Te gustan las flores?

—¿Qué dijo?—, preguntó ella a José.

—Preguntó si te gustaban las flores.

Ella asintió, con una sonrisa más amplia que la anterior. Esto debe estar haciéndole bien, pensó él. —Sí. Me encantan las flores.

José estaba razonablemente seguro de que Pieter muy rara vez le compró flores. Él creía que Nina era más inteligente que buscar a un sujeto como Pieter.

—¿Ven?—, dijo Manuel. —¡A todas las mujeres les encantan las flores!

Ellos cavaron en la tierra negra, revolviendo la tierra húmeda con sus palas. Y plantaron los árboles de limón. José y su padre levantaban las plantas pesadas y las ponían en los hoyos mientras Nina afirmaba la tierra alrededor. Luego plantaron tres arbustos de azaleas y las demás plantas perennes que Manuel había traído a casa.

—¿Ves, Nina?—. Manuel golpeó y puso en su lugar la tierra alrededor de un lirio. —Ahora mismo estas plantas son pequeñas y sólo la sombra de lo que serán.

José tradujo.

—Este jardín será asombroso en unos cuantos años—, dijo ella.

—¡Jardinería! Alimento para el alma—, acotó Manuel. —Tomemos un descanso.

Él regresó con bebidas heladas y se sentó en el fresco pasto. José y su papá no hablaban realmente de nada, pero Nina parecía estar asimilándolo. Finalmente vaciaron sus vasos.

José dijo: —Papá, ¿tienes las llaves de mi auto?

Manuel vaciló cerrando sus ojos.

Nina lo notó, y le dio a José una mirada curiosa.

—¿Las llaves? ¿Para qué, hijo?

—Quiero mostrárselo a Nina.

Manuel miró a Nina y luego a José. En su mirada José pudo ver una conversación de tres horas. ¿Por qué ella? ¿Hay algo que no nos estás diciendo? ¿Estás en problemas? ¿Te estás sanando? ¿Estás listo para vivir tu vida? De ser así… ¿por qué ella? —Están en el cajón de abajo de mi escritorio—. Él se puso de pie. —Voy a bañarme y luego me cambio.

José le dio un sorbo a su bebida.

—¿Qué acaba de suceder?—, preguntó Nina.

José meneó la cabeza. —Nada.

Él pensó en las mujeres que solía traer a casa y se preguntó si pensaban que Nina era de inferior categoría. Él esperaba que no. Para ser sincero, cuanto más tiempo pasaba con ella, más le gustaba, y más esperaba que ella encontrase a alguien que la apreciara más que Pieter. Por supuesto, conociendo a Pieter, eso no sería muy difícil.

Nina entró a la cochera al aire libre. Algo había en el ambiente, y no estaba segura qué era. Pero parecía importante, de peso, y lleno de consecuencias. Ella no era muy religiosa, pero parecía casi como una especie de santuario.

Un auto estaba en medio de una sala llenando casi todo el espacio, una tela protectora lo cubría casi todo. José comenzó a quitarla. Nina pasó la yema de su dedo por el guardafango delantero, era la única parte que estaba expuesta. Su dedo atravesó el polvo de muchos años.

A ella le encantaban los autos antiguos y este Bel Air era una belleza. Elegante y antiguo, pero en perfectas condiciones. —¡Vaya! ¿Funciona?

José estaba parado al otro lado del auto, por la puerta del conductor. Él retiró la última parte de tela con el sacudir de sus muñecas. —Veamos.

Nina entró, saltando al lado del pasajero. Los autos eran tan grandes y espaciosos en ese entonces; era casi como entrar a un cine. ¿Imagínense a Pieter con algo como esto? ¿Algo inusual, algo divertido? De ninguna manera. —Mi papá solía tener un Ford antiguo.

Ay no, se puso chiflado otra vez, pensó ella, mirando a José, quien agarró el timón como si estuviera buscando un puerto en una tempestad. Después de sólo medio día con él, ella deseaba poder compartir un poco de esa carga pesada. Aunque sea una o dos libras si él se lo permitía.

—¿Es tuyo?

José la miró. —Sí.

—¡Qué bárbaro!

Él metió la llave del encendido.

Nina decidió convertir esto en algo divertido. Ella no tenía idea por qué este auto era importante, por qué tenía el poder de robarse a José, pero quizás ella tenga el poder de traerlo de regreso. Ella sacó la pañoleta de su bolsillo. —Tengo la pañoleta—. La puso alrededor de su cabeza, ella pensó en todas esas películas antiguas que solía ver con su mamá, películas donde Grace Kelly, la mujer más hermosa del mundo en lo que a ella concernía, se amarraba un pañuelo a la cabeza, se ponía un par de lentes ahumados en su nariz, y se iba por una carretera serpenteante y ventosa. —Deberíamos hacer un viaje por todo el país.

Él giró la llave, el resultado fue una serie de clics rápidos.

—No parece que manejas mucho.

—Solía.

—¿Cuándo fue la última vez que manejaste esta cosa?

—La última vez que lo manejé, fui a parar a la cárcel.

Ay, caramba, pensó ella. *Aquí está.*

Ella no sabía si estaba lista.

Dieciséis

José había determinado que Nina estaba en su vida por un propósito. Sí, a él le interesaba ella y lo que le sucediera a su bebé, pero también sabía que necesitaba tanta ayuda como ella. Quizás más. Porque al final de todo, Nina era fuerte. Mientras que él, bueno, lo quería ser. Solía serlo.

—¿Fuiste a la cárcel?— Ella se quitó la pañoleta. —¿Por qué motivo?

Él se acordaba del día, manejando por la calle con Francisco, dándole la pelota de práctica a los niños de la calle, prometiéndoles traer de regreso su pelota andrajosa con una gran gama de firmas.

—Hace como unos seis años, estaba dirigiéndome a una conferencia de prensa. Recién había firmado un contrato con un nuevo equipo de fútbol.

—¿Jugabas fútbol?

José asintió.

De jugador profesional de fútbol a chef ermitaño.

—¿Qué pasó?

—Todo pasó tan rápido. Estábamos manejando por la calle, y recién me había comprado zapatos nuevos así que levanté mi pie para mostrarlo a Francisco, mi mánager.

Ellos habían bromeado acerca de un masaje para los pies, y José miró hacia abajo en dirección a los zapatos, recordando que se había hecho la promesa años antes de que lo primero que compraría cuando tuviese dinero sería un par de Ferragamo. Y él los tenía puestos. Todo ese dinero que había puesto en el mostrador.

Y luego estaban paseando por la calle, riéndose de los zapatos, el humo del puro volaba con la brisa desde el convertible.

—Estamos ascendiendo—, había dicho Francisco.

—Creo que me perdí—, dijo José, mirando alrededor.

—Es la siguiente derecha.

¿Por qué tuvo que ser esa calle? Cualquier otra ese día y todo hubiera salido bien.

—¿Esos zapatos vienen con el auto?—, preguntó Francisco.

José levantó su zapato, golpeando la suela del zapato. Representaba todo aquello para lo cual se había esforzado tanto. Cada práctica después de la escuela cuando sus amigos salían juntos, cada descanso que pasó pateando pelota en la lluvia, cada feriado interrumpido para practicar más. Y todo lo que corrió, kilómetros y kilómetros cada día.

Sí. Él miraba a sus zapatos y le pasaba una corriente de satisfacción por todo el cuerpo como si fuera electricidad.

Él oyó un grito. Y después un golpe seco.

José pisó los frenos.

No había nada delante del auto. Nada que pudiese ver.

—¿Fue eso un perro?—, preguntó Francisco.

Ellos se miraron aterrorizados. José sabía. Su corazón le decía que era más que un gato callejero o un perro vagabundo. —¿Qué hacemos?—, le preguntó a su mánager.

—¡Huyamos de acá!— Francisco sabía también.

José abrió de un empujón la puerta del auto, su pulso bombeaba sangre por sus orejas.

—¿Qué estás haciendo?—, gritó Francisco. —Vámonos.

Ahí estaba José con un hombre de camisa rosada que le decía que corriera, corriera por lo que sea que habían hecho. ¿Se quedó él o se fue? ¿Pasaría con el auto por encima de lo que había atropellado si lo hiciera? ¿Qué era lo correcto? ¿Para él? Para… lo que sea que fuera. Él sintió el sudor en su cuero cabelludo, toda su vida pasó por delante, todas sus esperanzas y sueños.

Francisco lo agarró del mentón. —Escúchame. Yo soy tu amigo. Yo soy tu mánager. ¡La única forma de salir de esto es huir!

Eso lo dejó en claro. Francisco también sabía. Incluso sentado en el garaje con Nina, José se preguntaba si Francisco podía verlo todo. José se preguntaba cómo sabía Francisco que si él quería salvar su carrera, su vida, tenía que poner en marcha el auto e irse.

—Vámonos de aquí. ¡Ahora, José!

Pero José se bajó rápidamente del auto.

—No puedo

Él la vio, la niña.

—Nina, al estar parado en medio de la calle, mirando su pequeño cuerpecito, sentí terror como nunca en mi vida.

—La gente comenzó a congregarse y la madre se lanzó hacia mí, golpeándome con sus puños y clamando, sus gritos tan fuertes y largos como si quisiera que Dios la escuchara, y yo traté de calmarla, yo el asesino de su hija. Aún puedo recordar su lloro y gritos para que Dios le devuelva a su hija.

Los ojos de Nina se llenaron de lágrimas.

—Yo vi a la madre parada en la calle, mirando a su hija muerta—. Él descansó su frente en la palma de su mano. No quería ver la expresión del rostro de Nina. Ni siquiera sabía por qué quería traerla aquí. —Vivo con ello cada día, Nina.

Nina puso una mano en su hombro, su toque firme y reconfortante. Él se hundió en esa sensación por un momento, luego volteó a ver su rostro.

—Me declararon culpable de homicidio involuntario. Una ley lo catalogó como homicidio criminalmente negligente. No tuve cuidado en ver la calle y estaba manejando demasiado rápido. Mi hermano, Manny, estuvo allí conmigo todo el tiempo.

—¿Y la familia de la niña?

—Ella era una madre soltera. Me quitaron cuatro años de mi vida; pero yo le quité todo lo que ella tenía.

—¿Cómo está ella ahora?

—Traté de reunirme con ella varias veces, pero ella se rehusó. Yo regreso y pongo flores en la tumba de su hija y le pido a Dios que me responda por qué sucedió esto y que quiero ver a esa mujer, pero sé que todo lo que ve en mí es aquel que mató a su pequeña.

—Fue un accidente.

Una declaración tan sencilla que todos ofrecen. Pero él oía esas palabras y lo que veía era un par de zapatos y mucho orgullo. —No importa ahora, Nina. No interesa. Puedo ir a la tumba de Lucinda todos los días desde ahora hasta el fin del mundo y lo que importa es que le quité la vida.

Eso fue lo que pasó. Esta era la historia que nadie sabía. Era mucho peor de lo que todos sospechaban. Nina sintió que se hundía su corazón de dolor, quería rodear a José con sus brazos, pero ahí estaba, presionando su asiento, parecía como si sus recuerdos formasen una caparazón, clara y dura, alrededor de él. Los ojos vidriosos, miraba fijamente al timón.

La puerta del garaje se abrió de golpe, y ella comenzó a moverse mientras un joven que, para ser sinceros, podía avergonzar a José con la ropa, entró apurado y evitando la puerta del auto saltó y se sentó en el asiento trasero. —¿Qué pasó, José? ¿Y Nina? ¡Muy bien! No te vi la última vez que fui al restaurante.

Nina quería besar sus dulces mejillas. Su entusiasmo la tocó en el momento, en el lugar que ella tenía reservado para la emoción que una vez sintió por vivir.

—¿Están listos para conocer el amor de mi vida?

José volteó hacia su hermano menor, estirándose el cuello. —¿Es esto en serio?

—Pienso que sí, hermano—. Él se sentó, petulante y adorable, pestañas largas se rizaban cuando parpadeaba. —Me voy a casar con ella.

Ella siempre quiso un hermanito, y este sujeto sería perfecto.

—¿Cuánto tiempo llevan juntos?—, preguntó ella.

Eduardo sonrió e inclinó su cabeza a un lado. —Una semana.

Nina se volteó, tratando de no reírse.

Pero el silencio regresó cuando Eduardo vio el rostro de su hermano y le dio crédito a la importancia del auto en el que estaban sentados. Él puso su mano en el hombro de su hermano y lo apretó.

—Te quieren en la cocina, hermano.

—Muy bien—, dijo José.

Qué bueno, pensó Nina. *Sáquenlo de este lugar.*

Eduardo salió del auto, dejando atrás una pizca de su buen ánimo.

—Te prometí un baño—, dijo José.

Ella sonrió y asintió. —Gracias.

Él volvió a poner la tela protectora, puso llave al garaje, y la llevó a la casa pasando por la cocina. Algo estaba cocinándose en la hornilla, y Manuel estaba ocupado removiendo una que otra cosa. Nina no sabía que era. Una mujer de piel oscura con rasgos bien marcados de mexicana preparaba tortillas en el mostrador. Nina podía ver que no era la esposa de Manuel, madre de José, porque no abrazó a José sino que sólo le dio una sonrisa tímida cuando la presentó Eduardo.

—Nina, esta es Juanita.

José la presentó a su madre, María, quien estaba ocupada preparando la mesa en el comedor. Primero ella abrazó a su hijo con todas sus fuerzas. José se derritió un poquito con el abrazo de su madre.

Luego abrazó a Nina y le dio la bienvenida. Nina miró a los ojos de esta mujer y vio algo que nunca antes había visto, un amor que desea lo mejor, aun cuando lo mejor es difícil.

¡Caramba!

Ella se contuvo.

José le informó acerca del deseo de Nina de darse un baño, y un minuto después María llevó a Nina arriba. María, con rasgos agradables en todo su rostro, era una de las mujeres más bonitas que Nina había visto. Gruesita y delicada, mostraba su capacidad de madre y sus años de vivir con Manuel con honor y un sentido de logro. Su cabello, recogido hacia atrás con un moño a la altura de la nuca, tenía muy pocas canas, y casi no usaba maquillaje.

Esto debería ser la meta de las mujeres, pensó Nina. *Esto es belleza que va más allá de lo físico, es belleza que refleja al corazón*. Ella pensó en su propia madre, luego frunció el ceño.

—Es un gusto volverte a ver.

—Sí—. Nina asintió mientras llegaban al final de las escaleras.

—¿Así que ustedes dos se tomaron el día libre?

—Fui… más o menos despedida el día de hoy.

María asintió. —Sí… me enteré. No quise mencionarlo si tú no querías hablar de ello. Hablé con Manny. Lo siento. Pero no debes tomarlo personalmente—. Ella descansó su mano en el poste de las escaleras. —¿Necesitas tomar prestado algo de ropa? Porque te podrías probar algunas mías.

Ella se rió.

Nina levantó su mochila. «Gracias. Pero tengo todo lo que necesito aquí adentro. Sólo necesito arreglarme un poquito».

¿Arreglarme un poquito? Nina quería reírse de su propia formalidad, a pesar de su cariño, esta gente era lo que su madre hubiera llamado «gente con clase».

—Aquí está. ¿Quisieras que abra la llave por ti?

—No, gracias. Creo que lo puedo hacer.

Cuando María salió del baño, la puerta hizo un ligero clic, un sonido hogareño. Nina quería llorar por lo mucho que la cuidaban.

—Esto es tonto—, susurró ella. —Es sólo un baño.

Las toallas se sentían tibias y suaves en sus manos, y se las llevó a la cara, respirando el perfume fresco, limpio, de playa, y definitivamente no de la ciudad.

José es un genio, pensó ella, preguntándose cómo sabía él exactamente lo que ella necesitaba.

Desde la sala, José observaba la escena en la cocina y se preguntaba por qué había estado lejos de aquí. ¿Qué le sucedía? ¿Le habría quitado el sentido común el calor de la cocina?

Una de las tortillas grandes de Juanita chisporroteaba en la plancha; Eduardo merodeaba la comida preparada como si los Suviran hubiesen invitado a la realeza a cenar. Eduardo le dio palmaditas en la espalda a su padre, sus palabras se enredaban. —¡Huele bien! ¿Cómo está saliendo, viejo?— Él se frotaba las manos.

—Cuando termine, ese pollo tendrá sabor a caviar—. Manuel ajustó la llama. A José le encantaban las ocurrencias de su familia.

Eduardo probó la salsa que estaba en un tazón del mostrador, a semejanza de su hermano Manny. —Tiene que estar perfecto—. Volteó hacia Juanita, quien estaba amasando más harina. —¡Muy bien, Juanita! Enséñale que tú eres la que manda—. Y él imitaba sus movimientos, su emoción contagiante sacaba una sonrisa a la cocinera. Él aplaudía, —¡Muy bien! ¡Muy bien!—, y probaba una flauta de un plato al final del mostrador. —¡Está bien! ¡Está bien! ¡Magnífico!

José sentía como si estuviese viendo un baile. Qué no daría para ser otra vez inocente como Eduardo. Creer que una mujer quisiera salir con él, conocerlo, completamente, porque no había nada que esconder, nada que lo avergonzara tanto que la relación nunca sobreviviría después de saberse.

Eduardo recogió un plato de arroz de tres colores adornado con una franja roja, una blanca, y una verde. —¡Te pasaste! ¡Es la bandera de México!

Él era un chico bueno. No prometía mucho como sus hermanos mayores, José lo sabía. Pero también con pocas oportunidades de cometer errores graves e imperdonables. Cuando Eduardo se graduara de la universidad, sería un buen banquero o corredor de bolsa. Le encantaban los números.

Manuel tomó un chile que se asaba en la hornilla directamente de la llama. José miró fijamente la llama, luego se quitó el vendaje de su mano. Examinó la piel quemada de su palma y metió el vendaje en su bolsillo.

Diecisiete

María puso su mano en el hombro de su hijo. ¿Cómo puede uno ver a su hijo dejar este mundo antes de que uno mismo muera, intercambiando su vida y vitalidad por tristeza y penitencia?

Ella vio a su hijo Eduardo en la cocina y recordó cuando José, el que abrió su matriz, corría por toda la casa de México, gritando a todo pulmón y cantando todo el tiempo. José se ponía a su lado y le decía que la quería sin que ella tuviera que decirlo primero. José sabía cuando estaba enojada por algo. Él siempre se acostaba en la cama junto a ella, diciendo muy poco, tan sólo para estar en su presencia.

¿Sería una sorpresa que se hiciese amigo de esta chica embarazada, Nina? María podía imaginarse el día que ellos habían tenido hasta el momento. Conversaciones breves colgándose del cordón del silencio.

José se sentía cómodo en silencio, aun en los días felices. ¿Pero y esta Nina? ¿Qué pensaría de su hijo tan tranquilo, tan sobrio? María habría dado cualquier cosa para ver a José como solía ser.

Ella tocó con el dedo el brazalete de oro alrededor de su muñeca, un regalo de él después de firmar su primer contrato profesional con el Club Madrid.

Algo estaba ardiendo dentro de él, algo que ella dudaba que él pudiese nombrar. Ella ya había pasado el intentar y a veces quería conmocionarlo para que saliera de este estado. «¿Me quieres decir lo que está sucediendo?»

Él flexionó su mano. María notó la quemadura pero no dijo nada. Ella lo había dejado en las manos de Dios hace un rato.

Ella apretó su hombro y suspiró. —Tu hermano llamó y dijo que te fuiste sin decir una palabra, en pos de esta chica, Nina.

José no dijo nada.

Ella deseaba que él hablase, y como su propia madre, ella llenaba el silencio. —Luego tú simplemente te apareces aquí con ella. Manny está muy decepcionado, José. Nunca antes lo había visto así. Y tiene razón. ¿Qué estabas pensando al abandonar a tu hermano? Tú eres el chef principal.

José levantó la vista. Por fin. —Sé que la fregué, pero Manny despidió a Nina.

—¿Y qué? Eso no justifica tu conducta. Ahora, Manny me cuenta que ella está embarazada. ¿Qué tienes que ver tú con eso?

Ese era el punto principal, ¿no es verdad? Dios mío, aquí ella creía que él estaba sufriendo, pero él y esta Nina... —¡Mírame!

Él meneó la cabeza.

—¿Y me dicen que tú estabas en el auto? ¿Con Nina?

Ella vio con tristeza y esperanza mientras el rostro de él se hizo mil pedazos.

—¿Qué pasa, hijo? ¿Qué te sucede? No quiero verte como estabas antes.

Aunque aún era un hombre de dolores, era cierto que José por lo menos se ha aventurado a ir a un lugar donde no había estado después del accidente. Y nada pondría en peligro eso, ella se esforzaría para asegurarlo.

El agotamiento se acomodó como aerosol de mar sobre José, penetrando hasta los tuétanos. Viajando por toda la ciudad, con alerta máxima con una mujer embarazada, una mujer que llevaba un bebé por dentro, un hijo que él quería salvar ¿con la esperanza de qué? ¿De finalmente expiar?

¿Pero acaso sería posible?

Él pensaba en Lucinda y vio la mariposa en la calle, sus alas pegadas al río de sangre que fluía de la criatura. Él pensaba en Celia, la madre de Lucinda y se preguntaba si ella volvió a tener otro hijo. ¿Dónde está ella ahora? ¿Cenando con su familia en la playa? José no tenía la menor idea. Quizás ella estaba sentada sola, mirando una pequeña foto, o trabajando duro en la zapatería.

Él lloraba.

El llanto salió de él antes que pudiera detenerlo. Pero el toque de la mano de su madre, su hermoso rostro, la manera en que ella sabía las cosas. Ella sabía que él estaba destrozado por dentro, ella sabía que él se estaba mutilando, pero de algún modo confiaba en que él iba a salir de esto. Ella tenía fe en él.

Y estar aquí, en esta casa, en su hogar. Era demasiado.

Ella se inclinó y lo abrazó mientras lloraba, dejando que algo liberador entrase a él y que nunca antes había tenido, algo que regase su creencia seca y le dijera que merecía vivir una vida que significase algo, cualquier cosa.

—Llora y saca todo de adentro—, susurró ella, como si eso fuera posible. Él puso sus brazos alrededor de su cintura desde donde estaba sentado e hizo reposar sus agobiadas mejillas en su pecho.

Nina se sentía como si de nuevo tuviese quince años, escuchando a la madre de un niño gritarle a causa de ella. La última vez fue Jason Campbell y él había estado consolando a Nina en su sótano. De veras. Fue en el tercer aniversario de la muerte de su padre, y ella y Jason, un estudiante trasladado, se habían vuelto buenos amigos ese año. La señora Campbell prácticamente lo jaló de las orejas y lo llevó a la cocina y los acusó de todo lo que Nina, en ese entonces, no había comenzado a experimentar. ¡Vaya que la señora Campbell se enojaría ahora!

Pero María Suviran estaba haciendo un trabajo bastante bueno por sí sola.

Nina levantó sus manos y se las llevó a la cara y se deslizó debajo de la superficie del agua. José no se merecía esto.

Y este bebé.

Ella lloró, la vergüenza se mezclaba con sus lágrimas, su primer quebrantamiento desde que tenía doce años.

José suavemente dejó de abrazar a su madre y la besó en la mejilla. —Será mejor que chequee a Nina.

María asintió.

—Y mamá, el bebé no es mío. Lo sabías, ¿no es verdad?

Ella estiró los labios formando una apretada y triste sonrisa. —Lo sé. Disculpa que dudé de ti.

—Yo no he estado con una mujer en mucho, mucho tiempo. No sé si…

Su madre detuvo sus palabras, poniendo dos dedos contra sus labios. —No trates de adivinar lo que te depara el futuro, José. No puedes poner estos asuntos en tela de duda.

Él encontró a Nina en su antigua habitación donde había puesto su ropa. Vestida con la bata blanca de su madre, ella sostenía una foto enmarcada. Él tenía ocho años ese día, estaba pateando una pelota de fútbol.

—Eras lindo—, dijo ella. —Un lindo niñito.

—Gracias.

—Necesito vestirme ahora.

Él salió de la habitación.

María, después de haber puesto los vasos de agua en el comedor, entró a la cocina. El vapor se elevaba de las ollas en la hornilla. Ella destapó una olla de arroz. Sí, tal como debía estar. Luego añadió un poquito de cilantro al plato de pollo que Manuel había preparado. Ella lo levantó. —¡Mira qué bien se ve!

Eduardo se apuró a llegar a la cocina. —¡Ella está aquí!— Él besó a su madre. —Todo está listo, ¿verdad?

—Listo. ¿Cómo se llama?

—Verónica.

María se rió cuando su hijo menor caminó por la cocina asegurándose de que todos supieran cómo pronunciar el nombre de su enamorada. Por supuesto, él lo pronunciaba «Berónica», pero ella no tenía corazón para decírselo. María había aprendido inglés más rápido que el resto de la familia, lo había estudiado en la universidad antes de conocer a Manuel, su lengua encontraba fácilmente la pronunciación norteamericana de la mayoría de las palabras, su acento tenía un tono cantado y suave.

Eduardo corrió hacia la puerta de adelante para dar la bienvenida a su amada. María sabía más como para creer, con Eduardo, que esta Verónica era realmente la chica indicada.

Que sueñe un poquito, espere un poquito, mire un poco más, pensaba ella. Él era joven y capaz de enamorarse en el instante. Tal como debía ser.

La música salsa comenzó en la sala, y María escuchó el deslizar de los pies de Eduardo en el piso de madera. Eduardo era mejor bailarín que José, no que ella se lo hubiese admitido a José. Por lo menos ella no lo hubiera hecho en años anteriores. A José probablemente no le interesaría en estos días.

Eduardo cantaba con la música, de manera desentonada. Bueno, José podía cantar mejor que su hermano, y Manny, él podía cantar mejor que cualquiera de ellos.

¿Entonces? ¿Eduardo baila primero y presenta a la familia después? Bueno, podría haber cosas peores. Ella encogió sus hombros, se fue a la puerta del comedor y vio un poquito por el costado mientras Eduardo, meneando sus caderas, bailaba en dirección a Verónica.

Sí, la adorable Verónica. Su cabello castaño oscuro colgaba con ondulaciones brillosas y su vestido primaveral color rosado parecía festivo, pero respetuoso. Esto debe ser en serio porque, a decir verdad, algunas de las chicas que Eduardo trajo a casa… María se estremecía de pensar en sus barrigas asomándose por encima de las bajas cinturillas de sus pantalones jeans pegaditos. ¿No se respetan a sí mismas? ¿Dónde estaban sus madres cuando ellas necesitaban consejos con el vestuario, ah?

Eduardo tomó a Verónica en sus brazos y bailaron juntos, con vacilaciones, pero había algo innegable entre ellos. Quizás… no. Aún no. Eduardo tenía demasiado encanto que necesitaba ser usado antes de sentar cabeza.

La hora del show.

—¡Baja el volumen a la música!—, dijo ella.

Manuel entró detrás de ella, sus manos desamarraban su mandil por la parte de atrás, los ojos brillaban por la música. Los chicos heredaron de él su amor al baile.

—¡Pero esperen! La fiesta recién empieza—, dijo él.

Él tomó en sus brazos a María y ella se movió con él. En momentos así ella recordaba cuánto lo quería.

—¡Ajá! esto se está poniendo bueno—, le dijo su esposo al oído.

Ella lo apretó y entonces, por la esquina del ojo, ella los vio, José y una Nina fresca, su blusa reemplazada con una camiseta sin mangas color negro. Ella tenía bonitos brazos, ágiles y llenos de gracia.

Su cabello aún estaba mojado.

—¡José! ¡Nina!—, Eduardo extendió una mano. —¿Quieres bailar?

José detestaba bailar en estos días, pero aquí estaba una bailarina, y él sabía —ella se ruborizó y meneó la cabeza.

Bien.

María aplaudió. —¡Muy bien, basta! Es hora de comer.

—¿A dónde van? Yo tengo la última palabra aquí—, protestó Manuel. Mientras María se alejaba, él se lo repetía a los chicos y a Nina y Verónica como si entendiesen. —Yo siempre tengo la última palabra aquí, y la última palabra es...

Ella fue hacia el estéreo y apagó la música.

Él hizo una venia. —Lo que tú digas, mi reina.

Abrió sus brazos. —Siéntense todos.

Eduardo le mostró el asiento a Verónica, y sacó una silla de madera tallada. —José, Nina... Verónica Suviran, mi novia y futura esposa.

—Gusto de conocerte—, dijo José.

Verónica saludó ligeramente con la mano. —Verónica *Kustala*. Gusto de conocerte.

Nina asintió. —Igualmente.

Verónica volteó hacia Eduardo. —¿Novia?

Eduardo sonrió. —*Novia* significa «enamorada». *Futura esposa* significa… «futura cónyuge».

Verónica volteó su cabello para que quedase encima del hombro. —Eduardo es loco. Está tratando de enseñarme español.

Eduardo volteó y sacó una botella de tequila y unos vasos de un gabinete. —¡Nina! ¿Qué? ¿Una tequilita?

—No…—, vaciló Nina.

Por supuesto, el bebé, pensó José.

Eduardo llenó su vaso de cualquier modo. —No, no, no… costumbre familiar, ¿sí?

—Eduardo…—, empezó María.

—¿José?—, preguntó él.

—No, gracias.

—Vamos, hermano—. Eduardo no iba a aceptar excusas. —¿Mami? ¿Verónica?

Él sirvió tequila en sus vasos.

Manuel puso adelante su vaso. —Oye, respeta las canas.

—Ah, sí. Disculpa—. Eduardo sirvió tequila en el vaso de su padre y se sentó.

—¿Vamos a decir nuestra oración de gracias?—, dijo María, doblando las manos.

Eduardo se sonrojó. —¿Digamos la oración antes del brindis?

José puso su servilleta en sus rodillas. Quizás algún día Eduardo no se sentirá avergonzado. Pero hoy no era ese día. Y José entendió cómo se sentía.

Manuel comenzó, —En el nombre del Padre…

—Eh, papi—, interrumpió Eduardo, y José sintió esa impaciencia de hermano mayor subiendo por la garganta. ¿Cuándo dejaría este chico de interrumpir, de controlar cada detallito, de complicar las cosas? —Verónica y yo vamos a dar las gracias—. Él volteó hacia Verónica. —¿Lista? Repite conmigo.

Ella levantó las cejas sorprendida, pero apretó sus manos delante de su pecho. Pobrecita, sólo una semana de clases de español y ya Eduardo la estaba poniendo en aprietos.

En español, Eduardo comenzó la oración. —Aquel…

—Aquel…—, repitieron todos.

—Papi, esto es para Verónica. Gracias—. Él miró a Verónica. —Disculpa.

Y Verónica repitió cada frase que dijo Eduardo. Su español estaba mal pronunciado y lleno de entonaciones equivocadas, pero José lo recibió como el regalo que era, por lo que estaba dispuesta a aprender, sin darse cuenta que estaba diciendo una oración para niños que rimaba en español.

—Aquel… que nos dio vida… Bendiga… esta comida… ¡Amén!

—¡Amén!—, dijeron todos.

—¡Muy bien!— Eduardo tomó la mano de Verónica. —¡Buen trabajo!

José se persignó, así como también María y Manuel. Nina trató pero falló, movió su mano en círculos delante de su pecho. José creyó que era hermoso.

Estas jovencitas, sujetas a los hombres Suviran.

Una sensación de gratitud le invadió.

Eduardo dijo: —Bien, bien. Salud, ahora. ¿Ya podemos brindar, verdad?

—¡Salud!

Levantaron sus vasos juntos. Nina dio un pequeño sorbo y miró a José. ¿Estaba reconsiderando los planes que ya había comenzado a hacer con respecto al bebé? Él no podía estar seguro, pero se sintió con esperanzas.

Manuel volteó hacia Nina y preguntó en inglés si le gustaban los ostiones.

Eduardo se rió. —¡Eso estuvo bien, papá! ¡Magnífico! Muy bien... eso estuvo bien, papá.

De todos ellos, Eduardo era el que se sentía más avergonzado porque su padre se rehusaba a aprender inglés. José meneó la cabeza. Bueno, por lo menos Eduardo estaba tratando un refuerzo positivo, pero José conocía a su padre, ¡y no se rendiría sin librar una batalla más fuerte que esta!

—Me encantan los ostiones—, dijo Nina.

Eduardo alcanzó un tazón y se lo dio a Verónica. —Una vez me tiré a un río en nuestro rancho en México.

—¡Cómo extraño ese rancho!—, dijo Manuel.

José hizo un puño. Ellos habían sacrificado tanto por su carrera.

Eduardo estaba sin parar. Le encantaba exagerar sus historias, y eso fue lo que hizo mientras pasaban los tazones y fuentes y llenaban sus platos. —Cuando me zambullí, mis piernas se salían del agua y toda mi cabeza estaba atascada en el fango. Descubrí que el río sólo tenía un metro de profundidad—. Él asintió con seriedad. —Manny tuvo que venir a rescatarme y me sacó por las piernas. Cuando me sacó, la concha de un ostión cortó mi brazo—. Él se remangó la camisa para mostrar una cicatriz grande y gruesa que iba desde su muñeca hasta su codo. —Setenta y siete puntos. Si hubiese movido mi brazo unos centímetros a la derecha, esta cicatriz hubiera estado en mi rostro. Y la hermosa Verónica no estaría aquí.

—¿Por qué no estaría aquí?—, dijo ella.

—Porque... no sería tan guapo.

Las risas reventaron y chocaron en el techo y descendieron sobre ellos.

Manuel se volvió a María. —A este ritmo, nunca seré abuelo.

Eduardo parecía haberse propuesto controlar la conversación. José sabía que no podía hacer mucho al respecto, así que se relajó y disfrutó la buena cocina de su familia.

—Nina, me enteré que te despidió Manny porque llegaste tarde—, dijo Eduardo.

—Eduardo—, dijo José. Se acabó la relajación.

—¡Y tú!—, Eduardo señaló a José. —¿Tú lo abandonaste hoy día?

Manuel volteó hacia María. —¿De qué está hablando él?

—De cómo Manny despidió a la chica.

Manuel bajó el tono de voz y se enfocó en su hijo menor. —No comiences…

Pero Eduardo aún estaba a cargo del show. —¡También me despidió! Antes que comenzara a trabajar.

María se limpió la boca. —Tú nunca te apareciste a trabajar.

Eduardo agitó la mano. —Manny necesita aprender a cocinar de cualquier modo. Está demasiado ocupado dando latigazos como El General… El General… montado en su caballo fino… ¡debería haber una estatua de él en la entrada del restaurante!

María le dio una mirada como para advertirle algo. —Deberías tener a Manny como ejemplo. Él ha trabajado duro toda su vida. Comenzó de cero y mira dónde está ahora… a diferencia de ti.

Ahora, quizás eso pondría al hombrecito en su lugar. José no se atrevía a mostrar la sonrisa que sentía en su interior.

La comida y el vino hicieron lo suyo ya que todos comieron los suculentos ostiones con arroz y las ensaladas frescas de mango con aguacate y jícama. Y José se sentía orgulloso de ser parte de esta familia, los que estaban reunidos. Es cierto, ya no se encontraban en su tierra natal, pero estaban lo suficientemente conectados como para traerse una parte con ellos.

María puso su tenedor en la mesa y se limpió los labios con una servilleta. —Normalmente no comparto esto, pero, al inicio de nuestro matrimonio no podíamos tener hijos. Tratamos… tratamos mucho. Tratamos de todo, pero…

—Mamá—, interrumpió Eduardo como era de esperarse. —No menciones esas cosas delante de los niños.

El corazón de José sufría por él un poquito ya que falló el chiste, y delante de la bella Verónica. María continuó. —Y entonces, cuando estuvimos a punto de rendirnos, uno de los primos de Manuel que estaba en Puerto Rico, un trabajador social, nos llamó, y de pronto, adoptamos esta hermosa criatura. Ni siquiera tenía tres años de edad… un niño realmente precioso—. Ella le sonrió a Nina, sus ojos fijaron la mirada en la jovencita. —Creo que la única diferencia entre mis tres hijos es la manera en que Manny llegó a nosotros.

Nina miró a José como si quisiera preguntar si él había planeado esto.

No, no, no lo había planeado.

Pero lo hubiera hecho si tuviese esa clase de poder. Y él tenía la sensación de que su madre diría las palabras que él no podría.

Nina caminó dando vueltas a la habitación con la boca abierta. Ella nunca hubiese adivinado esto de José. ¿Cómo ocultó esto del personal? ¿Y Manny? Obviamente, este hombre también podía guardar un secreto.

Nina nunca había visto tanta parafernalia de fútbol en un solo sitio. Fotos enmarcadas cubrían casi toda la pared del estudio de Manuel; servían como una cronología de la carrera de José desde los equipos de su niñez hasta su vida profesional. Trofeos, cintas, y placas. Casi demasiado como para contar. Ahora, ella no tenía tantos trofeos en la habitación de su casa, pero no era ninguna floja en cuanto a competencias de baile. Había hecho un buen trabajo.

La verdad es que ella apenas podía reconocer a José en esas fotos. Si *ese* hubiese sido el José que cocinaba en El Callejón ella hubiera ido tras de él mucho antes que Pieter. No tenía barba. Una confianza visible emanaba en cada foto.

Ella se estrechó los brazos y se rió ligeramente. ¿Qué estaba pensando? ¿Un jugador profesional de fútbol interesado en la hija de un vendedor de uniformes escolares de Filadelfia?

Aun ahora, con su gran barba y obsesionado, José no se fijaba en ella para nada. Ella no necesitaba la complicación en su vida, por supuesto, pero hubiese sido lindo creer que él al menos la encontraba atractiva.

Como si necesitara esa clase de equipaje ahora mismo junto a su propia maleta de dos toneladas. No, gracias.

Sin embargo, la euforia en el rostro de José cuando lo captó un fotógrafo a punto de patear produjo una sonrisa en los labios de Nina. A ella le encantaría verlo así otra vez. En ese momento, ella entendió la tristeza que sus padres debieron haber sentido por el cambio en el hijo que querían tanto.

Quizás no habría un regreso a ese despreocupado José de hace años, ¿pero no podría alguien ayudarlo a romper sus cadenas?

Nina sentía compasión por la madre de Lucinda, pero el hecho fue que ella dejó que su hija de tres años saliera de su vista. Sí, José tuvo parte de la culpa, y sí, una madre cometerá errores, algunos de los cuales tendrán consecuencias que durarán toda una vida. Pero una madre siempre es responsable por los suyos.

Nina se dio cuenta que sus manos estaban presionando su abdomen en forma protectiva.

Manuel entró a la habitación.

Señaló el cuadro que Nina estaba mirando. —Este es Francisco. Solía ser el mánager de José cuando jugaba fútbol.

—¿Fútbol?—, preguntó Nina.

—Fútbol, sí. ¿Te gusta el fútbol?

—No juego fútbol. ¿Y usted?

—Claro que sí. Todos los jueves y sábados. Me llaman viejo, pero puedo mantenerme al ritmo de todos los chicos.

Ahora, eso Nina no entendió nada de lo que dijo, así que tan sólo sonrió con esa sonrisa que dice: No entendí una sola palabra pero estoy sonriendo porque me caes bien y no deseo ofenderte. Él señaló otro cuadro, aparentemente no estaba ofendido.

—José. Ese fue su debut profesional.

—Disculpe—. Eso sí podía entender.

Manuel se sentó en un sillón de cuero. —Él nunca volvió a jugar después del accidente. No más fútbol. No más.

Él extendió su mano, y Nina se sentó a su lado en una silla que hacía juego. —El accidente le costó la pasión, y sin ello no se puede jugar fútbol.

Nina sólo entendió unas cuantas palabras. «fútbol», «accidente», y «pasión». Al ponerlas juntas, comprendió.

María entró a la habitación y se sentó en el brazo del sillón de su esposo. Nina no se podía imaginar esa relación tan íntima. Si sintiera lo mismo por Pieter, no habría decisión que tomar. Ella sería una idiota si no tuviera el bebé.

María tomó la mano de su esposo. —Él está diciendo que no se puede jugar fútbol sin pasión—. Ella sonrió a Manuel. —Este hombre nunca quiso aprender inglés en toda su vida, ¿verdad?

—Noooo…

Nina asintió. —Entiendo lo que me está diciendo.

María dijo: —Él entiende mucho más de lo que crees—. Ella lo acarició con la mirada y le dijo: —¿Verdad?

—¿Qué estás diciendo?

—No te gusta hablar inglés pero entiendes todo.

—Mi familia habla español—. Él se encogió de hombros. —Si quieres hablar conmigo, habla en español—. Él sonrió, obviamente estaba bromeando.

Nina se puso de pie. —Bueno, se está haciendo tarde. Necesito regresar a la ciudad.

Manuel dijo en inglés: —No, tú, y José, se quedan aquí.

—¿Te das cuenta cómo habla inglés?—, dijo María. —¡No lo hace porque es un perezoso! Pero, él tiene razón. Deberías quedarte a descansar.

—Gracias, pero realmente no puedo.

Manuel asintió. —Ha sido un placer. Esta es tu casa—. Él se paró y besó a Nina en la mejilla. Los ojos de ella se llenaron de lágrimas. Ella sabía que él lo decía en serio.

—Gracias—, dijo ella.

—Cuídate—. María la abrazó, un abrazo afectuoso de madre.

Dieciocho

Eduardo y Verónica se estaban mirando fijamente en el sillón cuando Nina entró a la sala.

—¿Estás buscando a José?—, preguntó Eduardo, rehusando quitar la mirada hacia Verónica.

—Sí.

—En el garaje.

—Gracias.

Ella se dirigió a la cocina donde Juanita llenó el lavaplatos. Juanita sonrió y asintió, y Nina se preguntó cuánto tiempo ella había estado trabajando para los Suviran.

Saliendo de la puerta de atrás, pasando la carretilla y las herramientas de jardinería, Nina ya se sentía en casa, como si esto era algo que había estado esperando. Ella era lo suficientemente inteligente para darse cuenta que todos se sentían así al entrar a esta casa. Pero la pregunta más importante seguía siendo ¿por qué Manny y José quisieron salirse de ella?

Eduardo era más inteligente de lo que ellos creían, obviamente.

Ella recordó haber hablado con su papá acerca de dejar la casa algún día, preguntándole ¿por qué los hijos, si querían a sus padres tanto como ella quería al suyo, dejaban la casa?

—Porque los buenos padres enseñan a sus hijos a defenderse por sí solos, y le dicen a sus hijos que los quieren mucho y lo demuestran, los hijos saben que no importa cuán lejos se vayan, ellos siempre tendrán un lugar al cual regresar, un lugar para ser querido y aceptado.

Entonces ella encogió sus hombros y dijo: —Nunca te voy a dejar, aun si eres un buen padre.

Y así fue. Su muerte se aseguró de ello.

Ella entró al garaje.

José se inclinó contra la capota del viejo auto y se quedó mirando la andrajosa pelota de fútbol. Ese niñito, David, nunca la recibió de vuelta. *Qué tales promesas mías.*

Sin embargo, había comido con su familia, pasado el día con Nina, y hasta enfrentó a Manny no sólo por su propio bien sino por el de todo el personal de la cocina.

No estaba tan mal, ¿verdad? Fue admirable, ¿sí?

Parecía un poquito descabellado, quizás. Pero su abuela solía decirle, citando a su persona favorita, la Madre Teresa: «No es que debamos hacer grandes cosas, sino que hagamos cosas pequeñas con gran amor».

La sombra de Nina cruzó el piso de cemento, el sol estaba bajando detrás de ella. Él no podía ver el rostro de ella por la dorada iluminación posterior que tenía, pero sí podía escuchar su voz. —Necesito ir a casa.

Él no tenía ánimos de dejar que el día terminara. Su vista captó dos faroles que su padre había hecho para caminar en la playa. —Vamos a la playa y de ahí nos podemos ir.

Él le tiró la pelota a Nina, y en ese movimiento, sintió como que estaba soltando algo. Sí, Nina necesitaba un amigo, pero él también necesitaba confiar en ella. Quizás él necesitaba un amigo aun más que ella. Dios sabía que él había estado solo por mucho tiempo.

—Claro—, dijo ella.

Unos cuantos minutos después, llevando faroles que parecían cajas iluminadas, una blanca, una roja, emprendieron su camino con un anochecer violeta.

Nina levantó su farol. —Nunca antes había visto algo así.

—Mi padre los hizo. Dicen que él tiene tiempo para desperdiciar. Pero después que vendió el rancho—, José encogió sus hombros, —él necesitaba tener algo que hacer, y mamá quería que no la obstruyera en la casa.

—Lo adoro. Él es una gran persona. ¿Es de México?

El viento pasaba por encima de ellos mientras pisaban la arena cremosa.

—No. Mi padre es de Puerto Rico y mi madre de México. Así que yo soy... eh... RicoMex.

Ella se rió.

—Significa mitad puertorriqueño, mitad mexicano.

—A mí me da lo mismo.

José se dio cuenta que sabía muy poco de ella. Obviamente no era hispana, ¿de qué clase de familia venía? ¿irlandesa? ¿alemana? O ¿habían estado ellos aquí tanto tiempo que simplemente eran típicos norteamericanos sin ningún residuo de sus países por dentro?

Él siempre pensó que eso era triste.

Ella se quitó las sandalias y las recogió para que colgaran de sus dedos. —Entonces, ¿siempre ha sido así? Quiero decir, ¿te criaste con... eso?

—¿Qué?

—¿Gozo? ¿Amor?

La descripción que ella dio de la familia de él lo hizo sonreír. —Eso no es nada. Quiero decir, cuando toda mi familia se reúne, ¡es verdaderamente asombroso! La conversación, la comida, la música, el baile: salsa, merengue. ¡Vaya! Es hermoso.

—Apuesto que sí—. Ella bajó el tono de voz, suavizando las partes toscas, quizás para que él pensara que las palabras estaban llenas de un poco de esperanza. —¿Cómo se siente Manny de que la gente sepa que es adoptado?

—Para nosotros no hay diferencia.

—Tú eres *definitivamente* suertudo. Tienes una buena familia.

—Sí. ¿Y tu familia?

—Mi papá murió cuando tenía doce años. No tengo hermanos o hermanas. Esa es mi familia—. Ella se frotó los brazos.

—Aquí tienes—. José se quitó su chaqueta de chef y la puso alrededor de sus hombros.

—Gracias.

Ellos continuaron por la playa, gaviotas revoloteando por encima, el sol ahora estaba debajo del horizonte occidental.

—¿Y tu mamá?—, preguntó él.

—Después que él murió, ella más o menos se quedó sentada en el sofá con el control remoto y nunca se movió de ahí. Me crié por mí misma… y también la crié a ella—. Ella se ajustó la chaqueta. —Estoy harta de siempre tener que lidiar con algo, José. Tan sólo una vez, quisiera que algo saliera de la manera en que lo había planeado. Sólo una vez.

—¿Cómo fue el tener que lidiar con la muerte de tu padre?

—No sé. Es difícil para mí recordar lo que estaba sintiendo a los doce años de edad. Creo que fue tan duro para mi mamá que yo no tuve la oportunidad de llorar su muerte de una manera sana. Fue como si tuviera que encargarme de ella, ¿me entiendes? Al principio, nos unió más, pero al final me convertí en la típica adolescente y todo ese dolor se transformó en resentimiento.

—Una noche me drogué tanto que me fui a casa. Entré a su cuarto, y ahí estaba ella, viendo la televisión. Yo la miré y comencé a reírme de ella, señalándola en la cara. Ella tan sólo se quedó sentada, absorbiendo todo sin decir una sola palabra, y yo comencé a llorar.

Nina secó la humedad en sus ojos, su voz comenzó a temblar. —Le dije lo mucho que extrañaba a mi papá también; sabía que ella estaba sufriendo, pero yo también lo estaba—. Lágrimas corrían por sus mejillas. —Fue como si por primera vez ella me veía otra vez. Ella se levantó y me abrazó—. Ella hizo una pausa, recobró la compostura y dijo: —Entonces, tuve hambre—. Ella soltó una carcajada. —Comimos unas rosquillas dulces y hablamos de él toda la noche. A la mañana siguiente desperté y sentí como si tuviera una mamá otra vez. Pero… era demasiado tarde.

Se sentaron juntos en la arena. Nina se apoyó en sus manos. José, sintiendo la fatiga de todo el día y dándose cuenta que mañana, conociendo a Manny, iba a ser aun más agotador, se recostó junto a ella. Él le dio una concha de mar.

—Cuando yo tenía unos dieciocho años—, continuó ella, —mi mamá extendió su mano y sacudió su anillo de boda. Tenía una piedrecita que mi papá probablemente consiguió en una casa de empeños.

Nina movió sus dedos como si estuviese mostrando un anillo de compromiso. —Ella dijo: «Necesitas conseguirte uno de estos»—. Ella miró su mano, tan careciente de un anillo de boda, José nunca había visto algo tan crudo. —Ella lo amaba tanto que nunca se quitó ese anillo. Eso es lo que quiero, José. Quiero traer un hijo a este mundo por amor, con un hombre que va a cuidar de nosotros. No tengo eso. No puedo tener este bebé y verlo sufrir conmigo. Ahora, *tú* serías un gran padre, José. Sólo necesitas encontrar una joyita como lo hizo tu hermano Eduardo. Aunque primero necesitas un poquito de limpieza. ¿Y qué de esa barba?

José parpadeó. —Estamos hablando de ti, Nina. No estás siendo justa contigo misma. Tú serías una madre fabulosa.

—Sí, tuve un ejemplo tan brillante—. Ella recogió su falda. —Algún día… ahora no.

Ella miró fijamente a las olas. —¿Sabes?... lo que llevo dentro de mí no es esa niñita. No es esa niñita para que vuelva a nacer.

—Lo sé—, susurró él.

—No sé lo que estoy haciendo—. Ella se secó los ojos. —Voy a necesitar un amigo la próxima semana.

La impotencia cubrió completamente a José. Así que no dijo nada mientras ella detenía las lágrimas, esperando que su presencia fuera suficiente por el momento.

Él puso un brazo alrededor de ella y la colocó a su costado.

El sol había caído horas antes, y el frío de la noche primaveral entró en sus huesos, el suave golpe de las olas acariciando libremente sus oídos, porque el oleaje continuaría llegando y llegando y ella no tenía que hacer nada sino disfrutarlo. A su costado, José respiraba profundamente mientras dormía. Ella no quería regresar a la ciudad, aún no. La ciudad siempre iba a estar ahí. Pero hoy día había sido especial. Ella se acurrucó cerca de él y cerró sus ojos allí, contra el calor de él. Él era un misterio, pero sabía cómo amar de una manera que iba más allá del sexo y los sentimientos pegajosos de una novela romántica. Ella no había sentido un amor como este desde el día en que su padre salió a trabajar y nunca regresó a casa.

Quizás ya era hora de superar eso.

Esa verdad la impactó.

Quizás ese bebé era una oportunidad para hacer algo bien para variar. Dejar de buscar a su papá y en cambio ser como él. No alguien perfecto, sino una persona que tratase de hacer lo correcto.

—Pero no estoy lista para ser mamá—, susurró ella a las olas.

Sélo por ahora, respondieron susurrando las olas.

Parecía que la nueva mañana prometía más que la vieja. Pero las olas habían desaparecido y el único ritmo que se escuchaba era el del tren que pasaba por los rieles hacia la ciudad. Habían tomado el primer tren del día.

José se apoyó. —Míranos. En inglés uno dice que se está como un pez fuera del agua, ¿eh?

—Sí. Ellos no podían haber estado más despeinados, y aunque lo intentaron con todo, no pudieron sacar toda la arena de sus ropas y zapatos. Y la chaqueta de chef de José y el llamativo uniforme de mesera de ella no ayudaban a verse normales entre los demás viajeros. Bueno, era el primer tren. La mayoría de la gente probablemente estaba demasiado soñolienta como para que les interesara.

Pero ella estaba cansada y puso su cabeza en el hombro de José. Ella durmió un poquito más.

José, bien despierto, observó cómo pasaba el panorama por su ventana. Nina respiraba profundamente, y cuando la miró sintió una compasión como nunca antes había sentido y comprendió algo. Comprendió cómo se sintió su familia cuando estuvo en problemas todos esos años, lo mucho que anhelaban arreglar las cosas, hacer lo que pudieran.

En cierta forma, su falta de acción para superar el pasado les informaba que su afecto, y su cariño había sido en vano.

Lucinda no va a regresar, pensó él. *Pero puedo vivir mi vida, hacer algo bueno, para variar, y honrar su muerte de esa manera. Cualquier otra cosa sería un desperdicio.*

Tuvo una idea.

¿Estaría Nina dispuesta a hacerlo? Él lo dudaba, pero quizás la podría convencer.

Él miró a Nina, sus pestañas oscuras como suaves media lunas contra sus mejillas pálidas. Él se dio cuenta que ella iba a crear un bebé hermoso.

El tren llegó a Penn Station mientras el amanecer pintaba de gris al cielo. Él le dio un ligero golpe con el codo. —Llegamos.

José tomó su mano y salieron del tren, subieron las escaleras, y caminaron hasta llegar a las calles de la ciudad, cerca del apartamento de Nina.

Ella señaló el camino, y él la acompañó mientras la ciudad se despertaba para tener otro día típico, otro giro de las manecillas del reloj viviente, otro baile de gente que guía y otra que sigue, y de algún modo, a pesar de todo el sufrimiento, todos proseguían, no tanto porque tenían que hacerlo, sino porque no había otra cosa imaginable. Tanta posibilidad, tan poca creatividad.

Mientras esperaban por la señal de "Pase" del semáforo, Nina buscó en su bolsón y sacó la pañoleta que había comprado el día anterior. Ella la colocó en mano de él. —Aquí tienes, quiero que tú lo tengas—. En cierta forma, ella se sintió como una princesa medieval que entregaba su pañuelo al ganador de la justa. José se dio cuenta que no era ningún caballero, pero esperó que la hubiera tratado bien, con dignidad y respeto.

—Oh. Gracias.

Ella puso una mano en su brazo y lo apretó. Sus ojos parecían decir: *Mírame, por favor.* —Vas a ir conmigo a la cita, ¿verdad?

José no sabía qué decir. Cómo podía ir a un lugar con ella donde él pensaba… y no obstante, ella era su amiga.

Ella removió su mano, sacudió su cabeza. —¿Sabes qué? No te preocupes por ello. Estaré bien.

—Te llamo—. Él miró a sus ojos. —Te llamo, ¿okey?— Y extendió sus brazos para abrazarla.

Nina se sintió conectada a él en ese abrazo. Ella sabía que José había hablado en serio, que en verdad, por primera vez en muchos años alguien estaba dispuesto a realmente ayudarla. Se sentía extraño, y no estaba segura qué pensar de la persona deshilvanada en la que ella se había convertido. Pero ella recordaba las olas diciéndole que fuera lo que debía ser y escuchó un mensaje más en el zumbido de los taxis y autobuses: espera.

Muy bien. Pero no esperaré mucho. El tiempo no está de mi lado.

Ellos se separaron. Nina volteó hacia su edificio, José regresó a la estación.

Nina pasó por la farmacia, compró una bebida gaseosa y tuvo una conversación superficial con Carla, quien, ella descubrió, tiene dos hijos. Su esposo trabajaba en el puerto, y ella trabajaba aquí para que los chicos pudieran ir a un colegio religioso cercano.

—Qué lindo—, dijo Nina.

—Ay, uno hace cualquier cosa por los hijos para que tengan los medios para poder triunfar en la vida—, dijo ella.

Nina estaba agradecida de que ella fue lo suficientemente discreta para no mencionar la prueba que había comprado ayer.

¿Ocurrió ayer? No parecía.

De modo que Nina terminó de subir las escaleras hacia su apartamento, puso música de Nina Simone, un pantalón largo de deportes y una camiseta, y tomó un libro. El fin de semana estaba delante de ella, solitario y bien lleno de nada. Pero el lunes iba a llamar a Frannie al restaurante, y pronto estaría trabajando.

Ella pensó que Frannie sería tan dificultosa como Manny, pero que le estaba haciendo un gran favor a su amigo, José, y quizás eso iba a marcar la diferencia.

Quizás iba a llamar a casa. Quizás algunas relaciones valían la pena llevar la carga. Ella solamente tenía una madre y por supuesto, estaba muy lejos de ser perfecta, pero ¿acaso merecía perder una hija porque no podía sobreponerse a la pérdida del amor de su vida?

La respuesta no importaba. Nina decidió esperar, sin embargo, hasta que hubiera dejado atrás la situación de su bebé.

Diecinueve

José se estaba acercando a El Callejón cuando Manny estaba quitando el seguro a la puerta. Apenas se aguantaba de decirle su plan a Manny y saber lo que opinaba. Manny, de todas las personas, entendería su importancia.

Manny abrió de un empujón la puerta sin decir una sola palabra. Una nueva olla de acero inoxidable recibió el sol temprano en la mañana. Le hizo una señal a José para que entrara. Sostuvo la olla reluciente y se la dio a su hermano.

Él se enderezó y miró alrededor.

José quería a su hermano. Le encantaba el hecho que Manny no pudo pedir disculpas con los labios pero nunca fallaba en tratar de enmendar las cosas cuando se había pasado de la raya. José levantó la olla, y asintió.

Aceptó las disculpas.

Comenzaron la rutina de siempre, no se mencionó el despido del día anterior, no se mencionó nada de las palabras duras, las acusaciones. Eran hermanos, y José sabía juntamente con Manny que a veces las palabras podían retirarse. Tenían que retirarse.

Puso una olla a calentar en la hornilla, para preparar algo de desayuno para sí mismo y para Manny. Preparó huevos revueltos, luego cocinó tomates, cebolla y chiles hasta formar una salsa concentrada y la sirvió por cucharadas sobre los huevos. Un poco de aguacate rebanado y, sí, sabía bien.

Manny le ofreció una olla, José le ofreció comida.

Manny entró al área de trabajo tan sólo por un segundo. —Hablé con mi contador anoche. Pepito y la cocina están recibiendo un aumento, podemos hablar de la cantidad».

José miró con gran sorpresa. —¡Qué bueno!— Y comenzó a picar cebollas. Era mejor no tratar esto con mucha importancia.

Unos minutos después, con los platos en la mano, entró a la zona del bar donde Manny estaba sentado bebiendo un vaso de jugo de tomate, revisando unos papeles.

José empujó a un lado los papeles y puso un plato para Manny, un tenedor y una servilleta. Él se sentó delante de su propia comida, dobló sus manos y ofreció una plegaria, no sólo de agradecimiento sino a causa de lo que tenía que decirle a su hermano. Él se persignó y recogió su tenedor, dándole un codazo a Manny.

Manny le dio un codazo a él.

Luego José.

Después Manny.

José puso su brazo alrededor de los hombros de Manny; y Manny se irguió y le dio un fuerte abrazo, acercando y apretando a su hermano. Él apretó y luego se soltó.

—¡Basta!— Manny despejó su garganta y se prepararon a tomar desayuno.

—Hablemos del Salmón Norteño, el especial que quiero inventar: espárrago, hongos, cactus, agregar un poco de guacamole, mango...

José lo detuvo, levantando su mano. Él susurró su idea en el oído de su hermano.

Manny retrocedió, sus ojos estaban bien abiertos. —¿Tú vas a hacer qué?

Veinte

Cinco años y medio después.

José la miraba jugar en la playa, las olas llegaban con un ritmo tranquilo ese día, el cielo, franjas de color gris con rayas de sol plateado encima de ellos. Ella brincaba en la arena, sus pies descalzos se empapaban en la espuma fría del océano mientras que el agua buscaba la orilla una y otra vez. Siempre llegaban, siempre de la misma manera.

Él la había vestido esa mañana con su falda favorita color rojo que ahora ondulaba como una bandera en el mismo viento que se había metido y arremolinado las colitas de su suelto cabello marrón. La forma en que se concentraba en las conchas de mar, parecía que ella se había olvidado de que él estaba sentado en la suave arena un poquito más allá, pero de vez en cuando ella recogía una concha o algún trocito de madera a la deriva y la levantaba para que él la viera. Había sido fácil ponerle nombre una vez que llegó. Bella. Toda la familia estaba reunida con él el día que la trajo a casa del hospital, despistado y pensando que debió haber estado loco al asumir esta gran responsabilidad.

Y Nina, ella volteó y lloró, mientras él y Bella entraban en el sedán de Manuel, María en el asiento delantero, estirándose hacia atrás para acomodarle bien una suave cobija blanca alrededor de la bebita recién nacida.

Él dejó la ciudad para siempre ese día, regresó a casa y abrió un restaurante llamado José's Place, un pequeño lugar que se especializaba en la comida que él aprendió a preparar en casa. Sólo tenía unas cuantas mesas y los clientes que venían una y otra vez aprendieron a esperar a que Bella estuviera dando vueltas por ahí. Más de una persona le dijo: «Tú necesitas llamar a este sitio Bella's Place».

«Tienes razón», decía José.

Era una gran vida, verla crecer, llevar a Bella al matrimonio de Eduardo y la hermosa Verónica cuando tenía tres años y medio, a la inauguración del segundo restaurante de Manny. Ambos tíos la adoraban, Eduardo siempre comprando ropa de moda para su sobrina, algo por lo cual José le estaba agradecido; Manny, quien le había comprado un caballo, ya estaba planificando sus estudios también.

Y él quería a esta criatura. Él nunca había sabido cuánto una persona podía querer a alguien. Y aunque el propósito de su vida estaba delante de él y ella llenaba su soledad, él comprendió con más profundidad aun lo que Celia había perdido cuando Lucinda murió debajo de las ruedas de su auto.

Él lo vendió la semana después que Nina aceptó su propuesta: Tú le das vida a esta bebé, Nina, y yo me cerciorará de que ella tenga una buena de ahí en adelante.

Él estaba haciendo lo mejor que podía para cumplir esa promesa.

Otras dos niñas se juntaron con Bella, la pequeña llevaba un gran balde amarillo que hacía juego con su cabello rubio, la otra, rulitos oscuros flotando en el viento, luciendo una ondulante camisa azul oscuro. Todas ellas se arrodillaron para examinar conchas. José miró su reloj. Ella iba a llegar pronto. Bella pidió conocer a su madre en su quinto cumpleaños, y Nina dijo que vendría una vez que tuviera un momento libre.

José estaba sorprendido. Habían acordado que era mejor para ella que siguiese con su vida, por el bien de Bella. Una madre que aparecía de vez en cuando no era algo que ni José ni Nina querían para su hija.

Pero Bella fue persistente.

Todos en la familia trataron de explicar que esto no era algo que duraría, que Nina era parte de una producción que viaja, bailando por todo el mundo en *42nd Street*, «un espectáculo de Broadway chispeante y hermoso» le dijo José a Bella.

Hasta el momento Bella no había usado la ausencia de Nina en su contra, y José se hizo la promesa de que haría todo lo posible para asegurarse de que nunca lo hiciera. Pero al final, eso dependía de Bella.

Los padres de las dos niñitas se acercaron al grupo que se había reunido cerca de las olas. Parecía que eran turistas, no residentes que estaban arrebatando unos cuantos minutos en la playa antes de ir a trabajar o recoger a alguien de la escuela. «¡Vamos, niñas!» dijo la madre.

El padre lo miró, y José sabía exactamente lo que pensaba, un sujeto barbudo, desaliñado en la playa, camisa hippy, pantalones con elástico. ¡Él probablemente no sería capaz de confiar en sí mismo si no lo conociera!

Él no pudo evitar sonreír. Él había estado amenazando con cortarse la barba desde hace un buen tiempo, pero nunca parecía encontrar el momento. Sencillamente estaban ocupados y la paternidad demostró ser más que solamente vestir a la pequeña en la mañana y darle un beso antes de dormir. No, había mucha vida por vivir de por medio.

«¡Bella!» dijo él. «¡Ven y ponte tus zapatos!»

Nina sacó a John Bubbles de su bolsón mientras estaba sentada en el taxi. No podía creer que esto fuese realmente lo correcto, pero José pensaba que estaría bien, y ella había aprendido, aunque no hubiera hecho otra cosa en los últimos cinco años, a confiar en su criterio.

María la llamó y le aseguró que la familia la iba a esperar con los brazos abiertos. Pero, aunque anhelaba mucho sentir los suaves brazos de la madre de José alrededor suyo, ella sólo acordó reunirse con Bella a solas, con José.

Pero ella tenía a Bubbles con la bufanda azul en el cuello para que la consolara. Ella lo levantó y se lo llevó a los labios y le dio un beso, aún sintiendo lástima por el pobrecito. Un hilo rojo sostenía en su lugar al brazo que ella había arrancado hace años. Lo volvió a besar, agradecida de que se había caído de su mochila, agradecida por Bella, por José, por la manera en que su vida había dado un giro por el acto de formar un bebé, dar a luz, y dar a alguien una oportunidad.

La vida cambió después de eso. Si uno da a luz, ¡entonces puede hacer cualquier cosa! Ella nuevamente caminó en busca de empleo, encontró un estudio que le permitía bailar a cambio de cualquier cosa que necesitaran. Ella trapeó, contestó teléfonos, recogía comida para llevar. Valió la pena.

Ella trabajó en el restaurante de Frannie, quien, sí, era extremadamente exigente, pero justa, y dos años después que nació Bella, fue contratada para trabajar por la producción viajera de *42nd Street*. Ella ha estado viajando desde entonces, excepto feriados, y días libres, los cuales los pasaba en Filadelfia con su madre o solamente viajando en el interior del país. Dejó su apartamento en la ciudad después de que el show comenzó a viajar, y no derramó una sola lágrima por ese raído sitio. De hecho, se preguntó cómo es que lo aguantó por tanto tiempo.

Gracias a Dios que vino Bella y la sacudió.

Ella había necesitado un buen sacudón.

Y ahora, ella no podía dejarla otra vez. Ella lo sabía. Cuando aceptó el pedido de Bella, ella había dicho sí a mucho más que una o dos horas. Eso la asustó, pero aunque la familia de José pudiera juntarse para apoyar a Bella, una vez que ella entrara en la vida de su hija, sólo podía haber una madre, y Nina era esa persona.

José caminó hacia la orilla. Él no sabía por qué le dijo a Bella que se pusiera sus zapatos. Parecía que su amor por la playa era genético, ya que a Bella le encantaba estar junto a las olas, escucharlas, enterrar los dedos de los pies en la arena al igual que Nina. Ellos se habían encontrado en Long Island bastantes veces durante el embarazo, caminaban por la arena o sólo se sentaban, mirando fijamente las olas del mar.

Él corría al lado de Bella ahora y ella se estaba escapando, riéndose, su rostro pálido en el viento.

Él la levantó y ella reía aun más, gritando: «¡Papi!»

Él clavó su rostro en el cuello de ella, sacudiendo su cabeza de un lado a otro. María la había bañado antes que llegasen y ella olía a champú con fragancia de chicle, perfume de rosas, y aire salado. Ese era el olor de Bella y él lo aspiró.

Corrieron un poco más sobre la arena, dando volteretas laterales y buscando esa última concha. Ahí estaba. Una pequeña concha. Algo inusual en esta zona del lejano norte. Ella la recogió.

—Uno siempre se puede llevar consigo un pedacito de océano—, dijo él mientras caminaban hacia la calle.

—¿Cómo?

—Bueno, cuando llevas a casa una concha de mar, la pones en tu oído y puedes oír el océano. ¿Quieres probar?

—Claro.

La agarró debajo de sus brazos, la levantó y la puso encima de la pared que separaba la playa y la calle. —Muy bien, uno… dos… tres…

Ella se llevó la concha al oído. —No puedo oírlo, papi.

El se sentó junto a ella. —Ah, bueno, es que estás junto al océano. Pero cuando salgas de aquí, lo podrás oír.

Ella levantó la concha otra vez. Esperó. —¡Ya lo puedo oír!

Él sonrió. —Lo puedes oír ahora ¿eh?

Él tomó su pie y le puso una zapatilla de lona rosada. Regalo de Eduardo. Tía Verónica probablemente tuvo algo que ver con ello también.

El otro pie. Muy bien.

Su vestidito ondulaba con la brisa, y él sacó una pañoleta de su bolsillo. Una pañoleta blanca con dibujos azul marino. Él decidió que este era el momento de sacar lo que una vez le perteneció a su madre. Nina apreciaría el gesto. José verdaderamente había defendido su honor.

Él la sujetó a su cabeza. —¡Vaya!— Él silbó, tal como lo hizo con Nina en el bazar hace años.

—¿Cómo se me ve?—, preguntó Bella.

—Se te ve hermosa—. Definitivamente más hermosa que Helen.

Él se volvió a sentar junto a ella. —¿Estás segura de esto?

Ella asintió. —Sé que sólo es por el día de hoy, papi. No te preocupes.

Él soltó una carcajada. No lo pudo evitar. —¿Te ha estado hablando abuelita María?

—Abuelito.

—Muy bien, entonces. ¿Tienes miedo?

Ella asintió.

—Yo también—. Él tomó sus manos. —Yo solía asustarme justo antes de un partido—. Él se dio golpecitos en el estómago. —Sentía como si tuviera mariposas aquí mismo.

Bella se rió. —¿Tenías mariposas dentro de ti?

—Solía—. Él pasó la superficie de sus dedos encima de la mejilla de ella mientras soplaba el viento. —Como si alas grandes estuviesen aleteando por dentro. Mucho menos desde que naciste. ¿Así te sientes?

Ella asintió. —Un poquito.

—¿Sabes lo que abuelita hacía conmigo y tío Manny cuando nos asustábamos?

Bella abrió su boca sorprendida. —¿Se asusta tío Manny?

José se rió. —Todos nos asustamos a veces. Hasta tío Manny. Abuelita tapaba nuestros oídos para que nada malo nos entrara en la cabeza. Nos mantenía seguros y las mariposas se iban. Ella lo llamaba «dedos mágicos».

—¿De veras? ¿Mágicos?

—Sí. Todas las mamás y papás los tienen. Entonces, ¿te puedo tapar los oídos?

—Muy bien.

Él cerró delicadamente sus oídos con sus dedos índices. —Muy bien, ahora cierra tus ojos.

Así lo hizo y él contó hasta diez. —Ahí está. Ahora tú tapa los míos.

Él se inclinó mientras ella le devolvía el favor, el rostro de ella serio y lleno de esperanza. —Está bien. Ahora cierra tus ojos, papi.

Después de diez segundos abrió sus ojos y sacudió un poquito su cabeza. —Ah, mucho mejor. ¿Lo sientes? ¿Te sientes mejor?

Ella asintió. —¿Va a vivir con nosotros?

—No lo sé. Pero sé que va a estar muy contenta de conocerte.

Llegó el taxi. Este era el momento.

—Aquí viene, Bella. Vamos—. Él se bajó de la pared y bajó a Bella.

Nina salió del taxi, su rostro pálido.

José agitó la mano y sonrió, esa hermosa sonrisa reflejada en el rostro de su hija, abrió el rostro de ella.

Bella lo miró y él asintió, entonces ella se volvió hacia Nina mientras ella se acercaba. Nina se quedó boquiabierta de sorpresa y secaba las lágrimas que estaban corriendo por sus mejillas.

Nina se arrodilló y tomó la mano de Bella. —¿Sabes quién soy yo?

—Tú eres mi mamá.

Se escapó un sollozo de Nina y se reía mientras lloraba. Gozo mezclado con lágrimas. Ella abrió su bolso y sacó ese osito de peluche de hace muchos años.

—Te traje esto—. Ella extendió su brazo y se lo mostró.

Bella la miró fijamente y luego miró a José. Él asintió para indicarle que estaba bien.

Ella tomó el oso y lo acercó a su pecho.

—Este fue el último regalo que me dio mi padre—, dijo Nina.

—Gracias.

Bella abrazó al oso y pasó su barbilla por su cabeza. Ella para corresponderle le dio a Nina la concha.

—Gracias—, dijo Nina.

—De nada. Cuando estés lejos del océano, puedes escuchar las olas. Cuando quieras.

Nina miró arriba hacia José, y salió otro sollozo de sus labios. Se puso de pie y él puso sus brazos alrededor de ella. —Muchas gracias—, dijo ella llorando, sus lágrimas estaban empapando su camisa. —Disculpa...

—Shh—, dijo él. —Todos te queremos, Nina—. Y él miró a Bella, abrazando al osito. ¿Quién lo hubiera sabido?

—Bella...—, dijo Nina.

Bella extendió su mano. Nina la tomó.

José rápidamente se fue al otro lado y tomó la otra mano de Bella. —¿Te gustaría caminar con nosotros?—, preguntó él.

—Sí. Me gustaría.

Se dirigieron hacia el mar, las olas rodaban y se estrellaban, susurrando vida, proveyendo una canción para el baile del día.

La historia de la producción de la película

«Ni tenía un gran presupuesto, pero tenía a la ciudad de Nueva York», dice Monteverde enfáticamente. «Usted puede rodar una película allí con 50 millones de dólares ó 1 millón de dólares y sigue siendo la ciudad de Nueva York —la celebridad más grandiosa que puede encontrar. Necesitaba tener esa ciudad pasara lo que pasara».

«Y lo logró», dice la productora Denise Pinckley, cuyos créditos de largometraje como gerente de producción incluyen *The Manchurian Candidate* [El candidato de Manchuria], *The Legend of Bagger Vance* [La leyenda de Bagger Vance], y *Analyze This* [Analiza esto]. Pinckley fue recomendada para que trabajara con Metanoia como productora inteligente y persona solucionadora de problemas que podría hacer estirar bastante el dinero de ellos. En ese momento, ella estaba considerando trabajar como gerente de producción en una película de gran presupuesto que también iba a ser rodada en Manhattan. Pero su reunión con el carismático Monteverde causó la misma impresión dramática que había provocado en los demás. Ella declinó trabajar en la gran película de Hollywood y se propuso hacer lo mejor posible con el presupuesto de una compañía independiente.

«En el aspecto profesional, fue una decisión entre algo que yo sabía que podía hacer y algo que creía que podía hacer, y *Bella* era donde estaba mi corazón», dice Pinckley. «Alejandro estaba tan comprometido con *Bella* que una vez que lo discutimos, nunca dudé de creer en que podíamos filmarla en Nueva York, de la manera que queríamos, y con los recursos que teníamos disponibles».

Mientras la movida comenzaba a tomar forma, Monteverde también enlistó a Andrew Cadalago, su buen amigo de la escuela cinematográfica de la Universidad de Texas, para que trabajara como su camarógrafo. Ambos se habían asociado en películas estudiantiles y habían desarrollado una manera cómoda de cumplir con los trabajos en forma artística y económica.

El siguiente desafío fue la selección del reparto.

«De pronto, sólo faltaban tres semanas para el rodaje y todavía estábamos buscando actrices», dice Verástegui. «Había estado desempeñando el papel de productor durante tanto tiempo, en tantas reuniones, que me había olvidado de concentrarme en mi papel de José. Actuar es como un músculo, necesita ejercitarse, así que comencé a concentrarme en el personaje».

«En cierta forma, Eduardo es como su personaje José en la vida real», explica Monteverde. «Yo había visto la manera en que se conectaba con la gente, y quería captar eso. Eduardo es también muy guapo pero no quería que el público se distrajera por eso así que se nos ocurrió la idea de una gran barba y el cabello largo. Le dije que no quería ver nada excepto sus ojos».

«En cuanto a mí, yo estaba ansioso de borrar los últimos doce años de mi carrera, el estereotipo del amante latino», dice Verástegui. «José es impulsivo en la narración de nuestra historia, pero lo que más me gusta de él es que escucha. Y él es muy cercano a su madre y su familia, como lo soy yo también».

«Sé lo mucho que Eduardo puede comunicar con sus ojos, y sé que es un hombre apasionado —pero yo fui bien duro con él», admite el director. «No porque no lo estaba haciendo bien, sino porque quería quebrantarlo. Fui más duro con él que con todos los demás en el set. Quería quebrantarlo y captar esa cualidad vulnerable en la película».

Mirando en retrospectiva la experiencia de ser dirigido por su exigente amigo, Verástegui dice: «Alejandro lo lleva a uno a la profundidad y luego lo suelta, dando al actor la libertad de crear. Él es mi hermano».

Para el papel de Nina, cuyo espíritu herido toca algo profundo en José, Monteverde seleccionó a la actriz Tammy Blanchard, quien también había sido recientemente contratada para la producción cinematográfica de gran presupuesto de Robert DeNiro, *The Good Shepherd* [El buen pastor], al lado de Matt Damon. Ganadora del Premio Emmy por su papel estelar en la superproducción televisiva de la cadena ABC *Me and My Shadows: Life with Judy Garland* [Yo y mis sombras: La vida con Judy Garland]. Blanchard fue la primera actriz en leer para el papel de Nina. Subsecuentemente, ella le pidió a sus mánagers que hicieran una segunda reunión con el director primerizo.

«Ella dijo directamente: 'Quiero que sepan que ese personaje es mío'. Ella tenía mucha determinación pero mucha humildad también. Yo la llamé esa noche y le dije que tenía fe en ella. Ella obtuvo el papel».

Blanchard explica: «Yo no participo en un proyecto a menos que sienta que puedo dedicarle todo mi corazón y alma. Respondí al quebrantamiento de esta gente . . . la ciudad de Manhattan está llena de gente que anda perdida y confundida y todos están buscando esa gracia salvadora para que los saque de su dolor. Pensé que esta era una historia honesta y verdadera».

«Tammy y yo caminábamos por el set hablando del personaje», continúa Monteverde. Y aunque ella tenía bastantes escenas emocionales, ella es una persona de una toma. Si nos llevaba más tiempo, era porque yo tenía otras cosas técnicas en mente, pero ella siempre lo hacía bien la primera vez».

«Tan pronto como comenzamos a ensayar, pude ver lo talentosa, y transparente que era ella», dice Verástegui. «Ella estaba llena de refuerzo positivo y yo quería protegerla con apoyo mutuo».

«Nina es una oveja perdida y de alguna manera por ahí aparece un pastor», explica Blanchard acerca de su personaje. «Ella sigue a José hacia un lugar seguro  donde ella puede expresarse, y cuando él abre su vida, prácticamente infunde un nuevo aliento en ella».

Un tercer personaje, una madre que se encuentra con José bajo circunstancias difíciles en la cúspide de su carrera futbolística, es protagonizado por Ali Landry, quien era en ese entonces la enamorada (y ahora, esposa) de Monteverde. Aunque ella es una actriz talentosa conocida por su papel coestelar en el programa de televisión *Eve* [Eva], el director insistió en que no la tratasen de manera especial.

En cambio, ella se tomó el tiempo de preparar su propia cinta de audición.

«Y nos dejó pasmados», dice Severino. «Ella tenía tanta profundidad emocional que no vacilamos en seleccionarla para el papel de Celia».

En el calendario apretado de veinticuatro días de rodaje estaban metidas numerosas escenas en Manhattan, incluyendo las escenas en el restaurante mexicano que se llevaron a cabo en Il Campanello ubicado en la calle West 31st Street; la casa de la familia de José, situada según el guión en Long Island, filmada en Rockaway Beach, Bella Harbor, Queens; y las primeras escenas de la película que presentan a José como un astro del fútbol fueron filmadas en Greenpoint, Brooklyn.

Filmando por lo menos seis páginas al día, lo cual es el doble del ritmo de una película normal, Monteverde animó a sus jefes de departamento a moverse con eficiencia pero con creatividad. El diseñador de producción Richard Lassalle no sólo ayudó a establecer los personajes y ambientes con sus comentarios artísticos e ideas originales, sino que le dio a cada set su atención personal, incluyendo el mural colorido que pintó en el restaurante.

«En retrospectiva, puedo decir que esta producción fue bendecida», observa Pinckley. «Traté de anticipar todos los obstáculos que pudieran interponerse en nuestro camino, desde los problemas climáticos hasta la filmación en las calles aglomeradas, pero todo salió increíblemente bien».

Con tan sólo dos días más que le quedaban para filmar al aire libre, Monteverde sí llegó a toparse con un obstáculo. Ni una gota de lluvia había caído en las semanas anteriores de rodaje, pero una tormenta llegó la noche anterior y parecía seguro que iba a poner en riesgo dos escenas importantes al aire libre en Brooklyn. «El jueves, Denise tuvo que decirme que había un 99 por ciento de posibilidades de lluvia para el día siguiente», recuerda el director. «Pero el clima había estado de nuestro lado durante todo el rodaje. Así que dije, vengamos mañana y filmemos. Pero todos creían que estaba loco. De modo que desperté al día siguiente y estaba lloviendo a cántaros. Manejé hacia el set a las 6:30 a.m., y ahí estaba nuestro jefe de iluminación señalando a su computadora y toda la evidencia de que nos iba a forzar a suspender el rodaje».

«Todos nos quedamos de pie en una esquina con la lluvia cayendo de los árboles, pero el patio trasero donde queríamos filmar estaba relativamente seco», recuerda Pinckley. «De modo que di órdenes a la grúa que Alejandro prefería en su corazón».

«Fui terco», admite Monteverde. «Miré hacia arriba y vi un agujero en el cielo —quizás del tamaño de un avión— y me puse a pensar que este agujero iba a detenerse encima de nosotros y que íbamos a poder filmar. Eduardo y Denise me creyeron. Así que dimos un gran salto de fe y nos preparamos. A las 9:00 a.m. la lluvia se detuvo justo a dos cuadras de distancia. Si uno se hubiese movido una cuadra más en cualquier dirección, se hubiera encontrado con la lluvia. Y según las computadoras, estaba lloviendo aun en nuestro vecindario. Pero nosotros estuvimos secos hasta que terminamos de rodar a las 7:00 p.m., y entonces comenzó a llover. Fue un milagro. Definitivamente yo lo llamaría milagro».

Al final del rodaje, Monteverde regresó a Los Ángeles, donde se juntó con el editor Fernando Villena para encontrar la historia visual y emocional que los cinematógrafos querían contar. Para componer la música original de la película, Metanoia contrató al primerizo Stephen Altman, quien no sólo escribió la música sino que él mismo tocó personalmente cada instrumento antes de crear una partitura que evocase los ritmos de salsa caliente así como también los temas suaves y retratos musicales íntimos.

Los actores

José, protagonizado por Eduardo Verástegui

Nació y se crió en Xicotencatl, Tamaulipas, una pequeña aldea al norte de México. Verástegui es hijo de un agricultor de caña de azúcar. A los 18 años de edad, dejó su pueblito y se dirigió a la ciudad de México para seguir una carrera en el mundo del entretenimiento. Doce años después, Eduardo había recorrido el mundo como cantante de la sensación mexicana de música pop, Kairo, y como aclamado grabador solista, dando conciertos supertaquilleros en más de trece países.

Protagonizó cinco telenovelas hispanas de alta sintonía para Televisa (transmitidas en más de diecinueve países), también ha aparecido en cientos de portadas de revistas internacionales, incluyendo People En Español, quien lo eligió una de las 50 Personas más Hermosas por votación mayoritaria. Verástegui apareció junto a Jennifer López en uno de sus videos musicales más famosos: «Ain't it Funny!» así como también en un anuncio publicitario internacional de televisión promoviendo fragancias comerciales que llevan el nombre de ella.

En el año 2001, Verástegui estuvo en un vuelo de Miami a Los Ángeles cuando se le acercó el vicepresidente de repartos de la 20th Century Fox para invitarle a actuar en la primera película del estudio impulsada por latinos: *Chasing Papi* [Persiguiendo a papi], y ganó el papel principal. Él subsecuentemente compartió el papel estelar en una película independiente llamada *Meet Me in Miami* [Nos vemos en Miami] y ha aparecido en series de televisión de máxima sintonía como *CSI: Miami, Charmed,* y *Karen Cisco.*

En el año 2004, siguiendo una inspiración para transformar su imagen, Verástegui dejó su agencia y su grupo ejecutivo y se juntó con el director Alejandro Monteverde y los productores Sean Wolfington, Leo Severino, y Eustace Wolfington para crear *Bella* y formar Metanoia Films, una compañía comprometida con proyectos que entretienen, causan interés e inspiran.

Nina, protagonizada por Tammy Blanchard

La carrera profesional de actuación de Blanchard comenzó con un período de tres años desempeñando el papel de Drew Jacobs en la telenovela matutina de CBS: *The Guiding Light.* El director Robert Ackerman luego la seleccionó para que desempeñara el papel de la joven Judy Garland en la miniserie de TV de la ABC, *Me and My Shadow: Life with Judy Garland* [Yo y mi sombra: La vida de Judy Garland], la cual le ganó mucha aclamación de críticos y un premio Emmy a la Mejor Actriz Secundaria. Ella compartió el papel estelar con Blythe Danner en *We Were the Mulvaneys* de Lifetime y en el teatro de Broadway en el más reciente reestreno de *Gypsy* [Gitana], que tuvo como protagonistas a Bernadette

Peters, dirigido por Sam Mendes. Por su representación de Louise, Ms. Gypsy Rose Lee, fue nominada para el premio Tony y recibió un premio Theater World.

Blanchard trabajó junto a Peter Falk en el programa televisivo de CBS: *When Angels Come to Town* [Cuando los ángeles vienen a la ciudad], y en 2005, Robert DeNiro la seleccionó para que actuara en *The Good Shepherd* al lado de Matt Damon y Angelina Jolie y se programó su estreno para diciembre de 2006. Ella recientemente terminó la próxima película para televisión de la CBS, *Sybil*, donde protagoniza el papel principal, actuando junto a la actriz Jessica Lange.

Manny, protagonizado por Manny Pérez

Es uno de once hermanos, nacido en las afueras de la ciudad de Santiago en la República Dominicana. A los 10 años de edad, él y su familia se mudaron a los Estados Unidos, estableciéndose en Providence, Rhode Island. Se especializó en drama en Marymount Manhattan College, graduándose en 1992. También estudió en el prestigioso Ensemble Studio Theatre y es miembro del Labryinth Theatre Company, en la ciudad de Nueva York.

Pérez produjo, actuó, y fue coautor en *Washington Heights*, una película independiente acerca de su propio barrio. Fue protagonista en la serie de Sydney Lumet aclamada por los críticos llamada «100 Center Street», en la serie de la NBC, *Third Watch* como el Oficial Santiago, y ha aparecido en programas de episodios como *Law & Order* y *CSI: Miami*. Se le verá en las películas *El Cantante,* protagonizado por Marc Anthony y *Yellow.* En Santo Domingo Invita: Una Noche de Estrellas en Radio City Music Hall, Pérez fue honrado uno de los actores dominicanos más prominentes de los Estados Unidos.

Celia, protagonizada por Ali Landry

Landry se crió en un pequeño pueblo cajún de Louisiana, y se graduó de University of Southwestern Louisiana con un título en comunicaciones. Ella participó en el concurso de belleza Miss USA en 1996 con la esperanza de lanzar una carrera en la televisión o en el mundo del entretenimiento, y su victoria llamó la atención de una importante agencia de talentos de Hollywood. Llegó a ser una popular presentadora de programas de televisión como *Prime Time Comedy* y *America's Greatest Pets*, y al final firmó un contrato con Frito Lay para una aclamada campaña de Doritos que debutó durante la transmisión del Super Bowl de 1998, lo cual le ganó fama al instante.

Landry en poco tiempo hizo la transición a la actuación con una variedad de papeles cinematográficos y televisivos, incluyendo el compartir el papel estelar en *Eve* de la cadena UPN, que recientemente ha completado su tercera temporada. Ella ha aparecido como invitada especial en series de episodios como *Felicity, Pensacola,* y *Popular*. En el año 2000, tuvo un papel estelar en la película *Beautiful*, dirigida por Sally Field.

Acerca de Metanoia Films

Bella es la primera película producida por Metanoia Films y nuestra misión es hacer películas que interesen y que tengan el potencial de marcar la diferencia de manera significativa en la vida de la gente. Metanoia es de propiedad de Sean Wolfington, Eduardo Verástegui, Leo Severino, Alejandro Monteverde, y Eustace Wolfington. El equipo está unido por la visión de hacer películas de valor eterno que marquen una diferencia positiva en el mundo al promover historias y personajes que inspiren y cambien la vida de la gente. Metanoia Films tiene una cantidad de proyectos en desarrollo, financiados mediante un fondo cinematográfico que recientemente se ha establecido.

Carta al lector de parte de la autora

Estimado amigo(a),

Cuando mi editor me llamó para hablarme sobre Bella y preguntarme si consideraría hacer la novela basada en el guión o no, yo estaba sentada en la sala de espera de mi dentista. Salí al soleado porche delantero en esa tarde de otoño y oí la emoción en su voz mientras me hablaba acerca de la película, de cómo había ganado el premio People's Choice Award en el Festival Cinematográfico de Toronto y sobre todo, lo maravilloso que era conversar con la gente de Bella, lo emocionados que estaban con su proyecto y el mensaje de fe, esperanza, amor y vida que brindaba a aquellos que tuvieron la bendición de verla. ¿Quería subir a bordo?

¡Por supuesto! Durante años he sido una gran amante de la vida en todas sus gloriosas y hermosas etapas. Desde dos células hasta su último aliento, *toda* vida es un hermoso regalo de Dios. Cuando se inició el proceso de redacción nos encontrábamos con un horario apretado. Tuve un mes para convertir el guión en una novela. Gracias a Dios, la trama y el diálogo estaban básicamente listos, de modo que tuve el tiempo necesario para hacer más profunda la caracterización y presentar la historia del pasado de Nina, sus expectativas y sueños, sus desilusiones y pruebas. Leo Severino fue muy útil en proveerme las ideas que los escritores no pudieron dedicarle el tiempo en la pantalla y comenzamos sobre la marcha, intercambiando emails y llamadas telefónicas. Fue un proceso nuevo para mí, pero uno que estoy muy contenta de haber tenido la oportunidad de explorar.

Gracias por adquirir este libro. Espero que le sea de bendición, lo anime, y para algunos que se encuentren en el valle de la decisión, que le provea la luz de la esperanza.

Pax Christi,

Lisa

Lexington, KY

Guía para el Grupo de Lectura

1. La mamá de José a menudo le dijo: «Si quieres hacer reír a Dios, dile tus planes». ¿De qué maneras cambiaron los planes de José a lo largo de esta historia? Y ¿de qué manera intervino Dios en los planes de José y los cambió?

2. Se describe a José como una persona bien parecida. ¿Por qué cree usted que ahora usa una gran barba y el cabello desgreñado? ¿De qué maneras le ayuda eso a sanar después de la tragedia que causó?

3. La palabra José significa «él añadirá», y uno de los significados del nombre Nina es «madre». ¿De qué maneras los nombres de estos personajes definen su destino?

4. La comida es una parte significativa de esta historia. ¿Cómo se entretejen los sabores de la cultura mexicana en la vida de los personajes principales —los que tienen herencia hispana y los que no la tienen?

5. Pieter es especialmente frío con Nina cuando ella descubre que estaba esperando un bebé. ¿Qué es lo que motiva y da información a las decisiones de él en la vida? ¿Por qué se esfuerza tanto en «lamerle los pies» a Manny?

6. El restaurante de Manny es un establecimiento exitoso y de alta calidad. Él exige lo mejor de sus empleados y de sí mismo. ¿De dónde viene su ímpetu y cómo llegó a ser un inmigrante tan exitoso? ¿Cómo influye esto en su relación con su hermano?

7. Eduardo, Manny, y José tienen personalidades muy distintas. Sus diferencias son bastante obvias. Dedique tiempo en compararlas —¿qué tienen en común?

8. ¿Qué le parece a Nina su embarazo, aparte de no sentirse lista para ser madre? ¿Está avergonzada de su condición? ¿Se preocupa de lo que pensarán los demás? ¿Está preocupada en lo absoluto de lo que su madre pensará o dirá?

9. Celia claramente quería a su hija, Lucinda. Y la muerte de Lucinda fue una tragedia devastadora para ella. ¿Cree usted que alguna vez estará lista para abrir las líneas de comunicación con José? ¿Cómo cree que ella percibe el hecho de que José visita la tumba de Lucinda todas las mañanas?

10. José ha vivido, todos los días desde el accidente, con la culpa de haber matado a Lucinda. Ha cambiado su vida de todas formas. ¿Hasta qué punto es Fernando también culpable de la muerte de Lucinda? ¿Y Celia?

11. Se describe al padre de Nina como un bebedor empedernido e inconstante. Pero también es alguien que le encantaba divertirse —la levantaba para bailar el «shag» o dar paseos por la playa. ¿Por qué está

Nina tan aferrada a él en sus recuerdos? ¿Cree ella que su vida sería mejor ahora si él no hubiese muerto?

12. Cuando Nina se encuentra por primera vez con María, la madre de José, ella piensa: *Esto debería ser la meta de las mujeres. Esto es belleza que va más allá de lo físico, es belleza que refleja al corazón.* ¿Cómo se demuestra el anhelo de Nina —ser una persona buena, amable, y hermosa—en la historia?

13. Al final de la historia, Nina decide intervenir en la vida de Bella. ¿Hasta qué punto cree usted que ella será la madre de Bella? ¿Cree que será una buena madre, o continuará lidiando con sus temores y dudas? ¿Cómo balancearán José y Nina los papeles de padre y madre para con Bella?

Acerca de la autora

La ganadora del premio Christy y autora de 19 libros incluyendo la Novela del Año de Women of Faith, *Quaker Summer*, Lisa Samson ha sido llamada por Publishers Weekly "una novelista talentosa que no tiene miedo a arriesgarse". Ella vive en Kentucky con su esposo y tres hijos.

  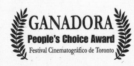